神は遊戯《ゲーム》に飢えている。
God's Game We Play
The Ultimate game-battles of a boy and the gods
8

PROFILE
レーシェ
現代に人間として復活した元竜神レオレーシェ。とにかくゲーム大好き。
天使学園エンジェリンの学生生活？

PROFILE
パール
ご存じ意外性No．1の少女。「神々の遊び」を通じて使徒として大きく成長。
PROFILE
ネル
フェイたち「神々の遊戯を授かりし《メイ・ユア・ゴッズ》」随一の武闘派。

PROFILE
フェイ
主人公。「神々の遊戯を授かりし《メイ・ユア・ゴッズ》」のリーダーにして人類最高の新人。

PROFILE
天軍の長
フレイヤ
天使たちを統べる神。「神々の遊び」の切り札としてフェイたちの前に立ちはだかる。
「吾《われ》は、天使学園の生徒会長フレイヤである！」
「裁きを受けよ。『天軍の剣』！」

「余は楽しく遊べたから満足にゃん」
PROFILE
超獣
ニーヴェルン
世界最強チーム『すべての魂の《マインド・オー》集いし聖座《ヴァー・マター》』の一員。神としてフェイたちに敗北を喫する。

PROFILE
ヘレネイア
半神半人の少女。フェイたちの10勝到達を阻止するためにあらゆる手段を尽くす。
「この役立たず猫！」

God's Game We Play

The Ultimate game-battles of a boy and the gods

8

神は遊戯《ゲーム》に飢えている。8

細音 啓

MF文庫J

［神々の遊戯を授かりし《メイ・ユア・ゴッズ》］

Character

《登場人物》

God's Game We Play

レーシェ

本名はレオレーシェ。3000年の永き眠りから目覚めた元神様のゲーム大好き少女。

フェイ

近年最高のルーキーと称される期待の使徒。レーシェ＆パールと新チームを結成する。

ネル

マル＝ラ出身。一度は引退していたが、賭け神との戦いを経てフェイのチームに加入。

パール

転移の能力を持つ使徒。全自動思い込みガールと呼ばれるほどの破壊力のある性格。

口絵・本文イラスト：智瀬といろ

Chapter

Prologue 夢なき夢を見た

God's Game We Play

〝探したい人がいるんだ〟

〝お姉ちゃん——神々の遊びの完全制覇で『ご褒美』がもらえるっていうなら、願うのは一つきりさ。昔一緒に遊んだその人を見つけてくださいってね〟

そのはずだった。

神々の遊びを完全制覇した人間へのご褒美は、神々の仲間入り。

全知全能の力をもってすれば、必ずや、「赤い髪のお姉ちゃん」がどこにいようと見つけられるはず。

それなのに——

「見つからない⁉」

遠い、遠い、意識の向こう。

ロウソクの炎のように意識がゆらゆらと揺らぐなか、フェイは、それだけは痛みを感じるほど鋭く感じとっていた。

見つからない。

全知全能の神さまの力をもってしても、世界中のあらゆる都市、人混み、秘境を隈《くま》なく探知しても「赤い髪のお姉ちゃん」が見つからないのだ。

神々の霊的上位世界にもいない。

あらゆる領域を知覚できるはずなのに――

なぜ見つからない？

子供の頃に遊戯《ゲーム》を教えてもらった「お姉ちゃん」は、いったいどこに――――


「っ！」

ハッと目を開ける。

「…………はぁ……っ…………っ……」


少しずつ、少しずつ意識が明瞭になっていく。

カーテンから差しこむ陽《ひ》。

ベッドに横たわった自分の、じっとりと汗ばんだ背中。何百メートルと全力疾走した後のように荒らぐ吐息。

頭の疼《うず》きは酸欠のせいだろうか。

「…………夢……か」

ベッドの上で上半身を起き上がらせ、フェイはぼんやりと宙を見上げた。

ここは――

自分の部屋ではない。

秘蹟《ひせき》都市ルインからはるか遠き、空に浮かぶ神話都市ヘケト＝シェラザード。その神秘法院本部の一室だ。

「まったく、このタイミングで」

無言で起き上がり、汗ばんだ額に手をあてて。

「……予知夢にしちゃ具体的だったな」

フェイは小さく苦笑した。

Chapter

Player.1 もう外を歩けやしない

God's Game We Play

1

渡り鳥より高く――

空を漂う白雲より、さらに高く――

蒼穹《そうきゅう》に、銀色の浮遊都市が浮かんでいた。

神話都市ヘケト＝シェラザード。古代魔法文明の奇跡が残る唯一の都市であり、神秘法院の本部が拠点を構える地でもある。

その本部にある会議室で。

「フェイ君！　フェイ君はどこだい！」

「そう言いながら迷わず会議室まで走ってきてるじゃないですか」

息を切らせて飛びこんで来るミランダ事務長。

その珍しい大慌てぶりに、フェイは内心で首を傾《かし》げつつ振り向いた。

「おはようございます事務長。……で。どうしたんですか？」

「言うまでもない！　見ておくれ私を、一目見てわかる異常事態さ！」

ミランダ事務長がバッと両手を広げてみせる。

普段どおりの皺《しわ》一つない事務用スーツに愛用の眼鏡《めがね》。このあたりは何一つ違和感がないのだが。

「もしや前髪のセットが不調で？」

「うん。確かに大慌てで前髪を整える時間はなかったね！　でもそれじゃない！」

「神秘法院本部の朝ご飯に、事務長の嫌いなオムレツが出たから？」

「たしかに私はオムレツよりベーコンエッグ派だが……それも違う！　ああもう、見ればわかるだろう！」

「まあ……」

無論わかっている。

それこそミランダ事務長が会議室にけたたましく入ってきたと同時に、一目でわかった。

明らかに普通ではないモノが、事務長の頬《ほお》にくっついていたからだ。

「事務長の頬にくっついている『I《イチ》』っていう数字ですか？」

「そう！」

「全然、緊急事態じゃない気が……」

「緊急事態だよ！」

自分の頬を指さすミランダ事務長。

フェイが指摘したとおり、そこに赤ペンキで塗ったかのようなド派手な『I《イチ》』という数字が浮かび上がっている。

「超獣ニーヴェルンのゲームをみんなでやったじゃないか。昨晩は疲れてぐっすり眠って、朝起きたらこうなっていたんだよ！」

「……確かに！」

「これは目立つな……」

パールとネルも興味津々《しんしん》である。

「失礼ながら事務長殿、それは事務長殿がくっつけたシールではないのか？」

「まさか、ネル君」

「……アタシも、事務長が新しいメイクに嵌《は》まったのかなとばかり……」

「パール君！　これシールじゃないから剥《は》がせないし特殊メイクでもないから石鹸《せっけん》でゴシゴシ擦《こす》っても消えないし！　っていうか、これは──」

「使徒の勝利の痣《あざ》、ですよね」

「そう！　やっぱりそうだよねフェイ君！」

口を挟んだフェイに向けて、ミランダ事務長がここぞとばかりに頷《うなず》いた。

「で。どういう事だい？」

「……俺もこればかりは」

この痣《あざ》は、神々の遊びの戦歴だ。

一方でミランダ事務長の痣は二つの意味で例外すぎる。まず何より、この痣が刻まれるのは神呪《アライズ》を持つ使徒のみ。

さらに痣の部位も、本来なら手のひらに刻まれるはずなのだ。

……この痣が、使徒じゃないミランダ事務長にできた。

……しかも頬《ほお》ってのも普通じゃないしな。

いったい何が起きた？

フェイも確信はないが、事務長が言った「超獣ニーヴェルンのゲームをやった」以外に思い当たる節もない。

「俺の想像ですが、やっぱり超獣ニーヴェルンの遊戯《ゲーム》に参加したからかな……？　ほら、事務長も勝利の証《あかし》がもらえたのかも」

「でも私は一般人だよ」

「ええ。だから使徒と区別して、手のひらじゃない場所に特別サービス……」

「いらないよ!?」

ミランダ事務長が悲鳴を上げた。

「洗っても落ちない上にお化粧しても隠せないし、マスクで隠そうにもはみ出るし！　こんなんじゃ――」

「緊急事態です！」

再び会議室の扉が開いた。

飛びこんできたのは、スーツ姿の女性秘書官アリッサだ。

ここ本部の理事長に仕える秘書官で、超獣ニーヴェルンの遊戯《ゲーム》『すべてが赤になる』にて「花屋」として強制参加させられた身である。

「おやアリッサ君？」

「……お、おはようございますミランダ事務長！　皆さま！」

息を荒らげながらアリッサ秘書官がぺこりと頭を下げる。

その一部始終を眺め、パールが「あれ？」と首を傾《かし》げた。きっちりとスーツを着こなしたアリッサ事務官が、なぜか頭に妙なものを被《かぶ》っていたからだ。

「アリッサさん、その毛糸帽子は？」

「……これです」

アリッサが帽子を外す。

肩のあたりで揃《そろ》えた黒髪のショートボブがふわりと広がる……が、何よりも目を引いたのは髪ではなく、そのおでこに赤ペンキで塗ったかのようなド派手な『I《イチ》』が浮かび上がっていたことだ。

「あはははっ、アリッサ君それ似合ってるねぇ！」

「笑わないでくださいミランダ事務長!? 事務長だってほっぺに大きな『I《イチ》』がついてるじゃないですか!」

そう。

当然といえば当然だが、異変はミランダ事務長だけにあらず。

超獣ニーヴェルンの遊戯《ゲーム》に巻きこまれたアネッサ事務官も、同じ『ご褒美』をもらってしまったらしい。

「……恥ずかしくて外を歩けません」

顔を真っ赤にしたアリッサが、再び帽子を目深《まぶか》にかぶる。

「……私には、心当たりが昨日のゲームしかないのですが」

「その話をしていたところだよ、アリッサ君」

不承不承《ふしょうぶしょう》な口ぶりで頷《うなず》くミランダ事務長が、自分の頬《ほお》に手をあてる。

「君も身をもって理解できたと思うけど、チーム『すべての魂の集いし聖座《マインド・オーヴァー・マター》』のニーヴェは、神々の遊びを司《つかさど》る神さまだ。人間そっくりに化けていたんだね」

「……正直まだ受けとめられていないのですが」

溜息《ためいき》をつくアリッサ秘書官。

「その話が事実だとしても、私としては目先の事が気になってしまい……率直に言って、こんなセンスの悪いご褒美は返却したいのですが……」

「同感だよ。さあフェイ君！」

ミランダ事務長が、ここぞとばかりに振り向いた。

「今すぐ交渉してきておくれ。こんなセンス皆無のご褒美などいらないから。我々へのご褒美は現金をおくれ！」

「直球過ぎる!?……いや、俺だって気になってますよ。向こうの所在」

そもそもだ。

なぜ自分《フェイ》たちが神秘法院本部に泊まったか。それはチーム『すべての魂の集いし聖座《マインド・オーヴァアー・マター》』の少女ヘレネイアに話があるからだ。

ヘレネイアは、半神半人という特異の存在。

十勝することで神の力を取り戻し、神々の遊びを世界から消滅させることを狙っている。

自分《フェイ》は、その背景をケイオスから訊《き》かされた。

だからこそ彼女と話をしたいのだ。

が——

チーム『すべての魂の集いし聖座《マインド・オーヴァアー・マター》』が、本部から消えた。

超獣ニーヴェルンとの遊戯《ゲーム》を終えた直後のこと。

チーム『すべての魂の集いし聖座《マインド・オーヴァー・マター》』の四人がいないことに、アリッサ秘書官が気づいたのだ。

「アリッサ殿。巨神像の記録は調べたのだな？」

ネルが、思案気味に口を開いて。

「ヘレネイアの目的は、フェイ殿より先に十勝することだ。こちらが超獣ニーヴェルンを返り討ちにしたことで、向こうはより焦《あせ》っているはず。だとすると彼女が動きだしたとは考えられないか？」

フェイたち『神々の遊戯を授かりし《メイ・ユア・ゴッズ》』に十勝されてしまう。

こちらも勝ち星を稼がなくては。そう焦った『すべての魂の集いし聖座《マインド・オーヴァー・マター》』が、十勝欲しさに巨神像にダイヴしたのではないか？

「と、私は思ったのだが」

「……巨神像の出入りの記録はありませんでした」

ネルの前で、そう応じるアネッサ秘書官も釈然としないまなざしだ。

「本部《うち》の巨神像は現在すべて『対戦中』です。こっそりダイヴセンターに潜りこんでも、そもそもダイヴできる像がありません」

「私も、ヘレネイア嬢の行き先は巨神像ではない方に一票かな」

頬《ほお》に手を添えたまま、ミランダ事務長。

「ヘレネイア嬢の勝ち星が『Ⅶ』で止まっているのは、お父上であるアウグストゥ理事長の看病があるからだね。いくら焦ってるからって、すぐに神々の遊びに挑むとは思えない。神さまのゲームは、一度始まれば何百時間と帰れなくなるし」

行き先は巨神像ではない。

理事長《ちち》の容態が気になる以上、ヘレネイアが遠くへ行くはずがないのだ。

とすれば、どこへ？

「もしや怖《お》じ気《け》づいたとか⁉」

パールが目を輝かせたのは、その時だ。

「これですよフェイさん！　あたしたちと超獣ニーヴェルンとの戦いを見て、怖じ気づいた可能性は十分あります！」

「……そうだとありがたいんだけどな」

フェイとしても苦笑いだ。

とはいえ客観的に考えるなら、ヘレネイアという少女が、自分たち《フェイ》の勢いに怯《ひる》むような気質でないことは明らかだろう。

こちらが勝ち星を上げれば上げるほど、彼女もまた本気になっていく――

「ねえフェイ？」

声は、すぐ横から。

テーブルを椅子代わりにして座るレーシェが、手元のゲームに興じつつ。

「私、心当たりがあるわ。正確に言うと、心当たりがある人間に心当たりがあるの」

「ケイオス先輩だろ？」

「ケイオス君ですね」

フェイとミランダ事務長の返事が、ぴたりと重なった。


〝俺は、遊戯《ゲーム》には嘘《うそ》をつかない〟


ケイオス・ウル・アーク――

新人時代のフェイが所属していたチームのリーダーだ。『すべての魂の集いし聖座《マインド・オーヴァー・マター》』のコーチではあるが、自分《フェイ》たちと共に超獣ニーヴェルンの遊戯《ゲーム》で戦ったばかりである。

「ミランダ事務長、ケイオス先輩の宿舎ってわかります？」

「さっき寄ってきたけど、もぬけの殻だよ」

自分《フェイ》の言わんとすることを察してくれたのだろう。

肩をすくめるミランダ事務長も、そう言いながら苦笑交じりだ。

「レーシェ様にお伝えすると、ケイオス君は、いま行方《ゆくえ》不明のヘレネイア嬢とは別の意味で見つけるのが大変なんですよ」

「なんで？」

「それはフェイ君からご説明しましょう」

「……レーシェにも前に言っただろ。あの人は放浪癖があるって」

会議室の壁に背を預けて、フェイは天井をぼんやり見上げた。

「ケイオス先輩な、普通に暮らしてても一日一日が隠れんぼなんだよ。神出鬼没が人間になったみたいな性格で、俺がチームにいた時も会議が始まるまで居場所がわからないし。今日だってどこで何をしているか――」

と。

そんなフェイの前方で、会議室の扉が開いたのはその時だった。

誰かが来た？

反射的に顔を向けたフェイが見たのは長身の男だ。眠気を帯びたまどろむような目つきに、片目が隠れるほど伸ばした青髪が特徴の――

「俺に何か用か？」

「ケイオス先輩いたぁ!?」

まさかの登場である。

そして、そんな彼《ケイオス》の手にはカフェの紙コップ。

「今しがたカフェの朝食を終えたところだ。そういえばお前たちが何をしているのか気になってな」

「……それでもカフェを優先するあたり、さすがのマイペースですね」

とはいえ僥倖《ぎょうこう》だ。

ヘレネイアが見つからずとも、彼《ケイオス》さえいれば――

「ケイオスさん！」

誰よりも早く、パールが長身の青年を指さした。

「率直に聞きましょう！　ヘレネイアさんが消えたことは知っていますね！」

「いま知った。だが予想の範疇《はんちゅう》だ」

「正直でよろしいです。ちなみに、その予想の範疇というのは？」

「それだけ彼女が切羽詰まっているんだろうな」

「ならば問いましょう！」

ググッと詰め寄るパール。

マイクでも握っているかのような仕草で、自分の拳を近づけて。

「ヘレネイアさんは今どこにいるのですか！」

「知らない」

「……あれ？」

「俺は名目こそ『すべての魂の集いし聖座《マインド・オーヴァー・マター》』のコーチだが、それは彼女たちが神秘法院のチームとして活動するためのもの。あの四人はもともと神々の遊びを司《つかさど》る神だ。コーチなど不要だろう？」

紙コップに口をつけるケイオス。

珈琲《コーヒー》の湯気が、ほどけるように宙に溶けていくのを見上げながら。

「彼女がどこにいるのか。俺は知らされてすらいない」

「……本当にですか？　今さら隠してないでしょうね？」

「神のみぞ知る。だがフェイ」

白い湯気の向こう側で、ケイオスのまなざしがこちらに向いた。

「無理に見つける必要はないだろう？　どうせ向こうからやって来る」

「っ」

「どこにいようが、彼女は、最後にはお前の前に必ず現れる。神々の遊びで勝利を続けて、十勝目に手がかかった時に」

「……ええ。まあそうだろうなって」

それは自分《フェイ》も想定した出会い方だ。

このままチームが九勝して十勝目にリーチをかけた時、おそらくは「最後の神」として立ちはだかるのがヘレネイア自身だと。

……俺たちはチーム四人で勝利数を揃《そろ》えてる。

……だから俺たち全員を止める手段を考えてると思った方がいい。

最後の神として、最後のゲームを仕掛けてくる。

それが最も可能性が高い。

「そうか、言われてみれば、私たちが無理に彼女を探す必要はないわけだ」

ネルも納得げに手を叩《たた》いて。

「勝利数レースで上回っているのは私たち。超獣ニーヴェルンの遊戯《ゲーム》もそうだが、仕掛けてくるのが向こう。我々は受けて立てばいい」

「な、なるほどです！」

うんうんと首を上下させるパール。

「もう十勝が目前です。この勢いで、アタシも実現できる気がしてきました！」

「……ほう？」

その途端《とたん》。

耳聡《みみざと》く、ケイオスがわずかに目を細めて。

「ではパン屋よ。一つ訊《たず》ねるが――」

「まさかの昨日のゲームの呼び名!?　アタシはパール・ダイアモンドです！」

「わかっている。冗談だ」

まったく悪びれない表情ながら――

そう言うケイオスの口調は、冗談らしからぬ重さを滲《にじ》ませていた。

「お前は十勝することが目的なのか？」

「もちろん！　当然のことじゃないですか！」

「当然だ。俺も十勝を目指しているのは理解している。では十勝という偉業が目的なのか、十勝した後の『ご褒美』を期待しているのか。どちらだ？」

「ご褒美？」

パールが一瞬ぽかんと首を傾《かし》げて。

「……あ、神の栄光《セレブレイション》ですね」

神々の遊びで——

人類が与えられた試練は、神に遊戯《ゲーム》で十勝すること。

その神の栄光《セレブレイション》の正体こそ、ヘレネイアが求める「神になること」だ。

古代魔法文明の時代、ヘレネイアは神の栄光《セレブレイション》により神となり、その神の力と引き換えに神々の遊びを消し去ろうとした。

では、自分たちの願いは？

フェイは「赤い髪のお姉ちゃんを探すこと」。

レーシェは「神に戻ること」。

とはいえ自分《フェイ》も願いが叶《かな》うのは万々歳だが、「神になる」まで求めていたかというと、ハッキリと「否《ノー》」である。

……神さまになって願いを叶《かな》えて、人間に戻るってのも理屈上は可能か。

……パールとネルも前にそれで悩んでたし。

今はどうだろう。

そう思ったフェイが訊《たず》ねるより先に——

「ほほう？　つまりケイオスさんはアタシの願い事が気になると！　ならば教えてさしあげましょう！」

当のパールが、ここぞとばかりに胸を張ってみせた。

「それは！」

「それは？」

「全っ然、考えたこともありません！」

考えてないのかい。

ミランダ事務長がそう突っ込もうとした矢先——やり取りを見守っていた黒髪の少女も力強く頷《うなず》いた。

「私もだ」

「って、ネル君もかい⁉」

「そもそも私にとって一番の願いは、『使徒として再起《カムバック》したい』だった。それはフェイ殿に叶えてもらった身だからな」

ネルがこほんと咳払《せきばら》い。

そのまま隣のパールをぐっと抱き寄せるようにして。

「フェイ殿やレーシェ殿ならいざ知らず、私もパールも神々の遊びでまっとうに勝負するだけで精一杯だ。人類の悲願である十勝こそ目標に念じてきたが、十勝後にどんな願いを叶えるかなど邪念も邪念。そんなのは十勝してから考えればいい」

まくし立てるように一息で言いきって——

そのネルが、ハッと我に返って恥ずかしげに顔を赤らめた。

「……す、少し身に過ぎた発言だっただろうか」

「いや。その通りだと思うよ」

フェイも同感だ。

十勝する前から十勝後のご褒美を考える者に、遊戯《ゲーム》の神々は微笑《ほほえ》まない。

……そりゃそうだ。

……俺だってゲーム中は考えないようにしてるもんな。

そもそも、ゲームに「楽しい」以上のご褒美などありえない。

遊戯《ゲーム》の勝利に対価を求めてはいけないのだ。「赤い髪のお姉ちゃん」からもそう教わってきた。

……ああ、そうか。そういう意味じゃ昨晩の夢も。

……焦るなってことなのかもな。

完全攻略《ゴール》は近い。

だからこそ攻略後のご褒美は頭から除外すべきなのだ。そんな慢心を抱いて勝てるほど神々は甘くない。

「それにあたし、叶《かな》えたいお願いが浮かばないんですよねぇ」

宙を見上げてパールが腕組み。

「パフェをたらふく食べたいとか温泉旅行に行きたいとか。それくらいなら使徒のお給料で何とかなりますし」

「ええっ⁉」

パールの他愛《たあい》ない呟《つぶや》きに、ミランダ事務長が後ずさった。

「ひどいよパール君！　神々の遊びで十勝したら、私のために新居を建ててくれるんじゃなかったのかい！　三階建てのプール付きを！」

「そんな約束してませんが⁉」

「いま約束しよう！」

「しません！」

「じゃあネル君！」

「し、しませんも私も⁉」

そんなやり取りを横目に――

「ヘレネイアと、そういう点でも正反対だな」

ケイオスが独り言のように呟いた。

どこか遠い場所を見るように、会議室の窓から外を見つめて。

「フェイ。お前が十勝に近づいていることに、ヘレネイアは誰よりも拒否感を抱いている。ゆえに……俺は、彼女の居場所はわからないと言ったが、彼女が何をしているかは想像がつく。それは――」

「俺への妨害？」

「お前の妨害だ」

寸分の狂いもない。

フェイとケイオスの声が、ピタリと重なった。

そう。覚悟すべきなのだ。チーム『すべての魂の集いし聖座《マインド・オーヴァー・マター》』の超獣ニーヴェルンが、立ちはだかったように。

「具体的な話をするか。言うまでもなく、使徒は三敗すると神々の遊びへの挑戦権を失う。賭け神《ブックメーカー》との戦いで復帰できる奇跡的な場合を除くとな」

ケイオスが横目で見やった先は、ネル。

三勝三敗で一度は使徒から退いたが、まさにケイオスが言う賭け神《ブツクメーカー》グレモワールとの勝利によって敗北数が消えて復帰《カムバック》した稀少《きしょう》な例だ。

「さらにフェイと竜神レオレーシェは共に〇敗だろう。だがパン屋！」

「またその呼び名!?」

「俺の調べによると、お前は一敗している。そうだな？」

「そ、そうですが……」

「あと二敗で引退。ゆめゆめ忘れぬことだな」

「っ！」

パールの顔が引《ひ》き攣《つ》った。

「わ、わかってますとも！」

「本当にそうか？　フェイと組むまでは一勝一敗。引退も考えていたという風の噂《うわさ》をミランダ事務長から聞いている」

「噂の出所、確定してますが!?」

「フェイと組んでからの快進撃。それが過小評価されていたお前の実力だったとしても、『あと二敗したら負ける』という緊張感、常に意識していたか？」

「……うっ!?　そ、それは……」

「プレッシャーを感じろという意味ではない。神々とのゲーム中に勝敗数を意識してしまえばプレイにも悪影響が出る。その上で、先ほどの話について。すなわち『ヘレネイアが何処《どこ》で何をしているか』だが」

わずかな沈黙。

ケイオスが自分《フェイ》に視線を向けて──

「たとえば、お前と戦う神を選定している。勝利困難な神をぶつけるとか、な」

「ふむ？　たとえばと言う割には、自信ありげな言い方だね？」

割って入ったのはミランダ事務長。

「ケイオス君は、そのあたりヘレネイア嬢から聞かされているのかな？」

「彼女との付き合いからの推測だ。事務長もわかっているだろう。神々の遊びはどの神を引くかで勝率が大きく変わる」

その最たる例が無限神ウロボロス。

フェイたちが撃破するまで撃破報告なし。いかなるゲームの天才も達人も、あの神を倒すことは叶《かな》わなかった。

……冥界神《アヌビス》の迷宮も似たようなもんだよな。

……あれも俺たちだけじゃ攻略は不可能だった。

何百人という使徒の総力で掴《つか》んだ勝利だ。

「攻略不可能、あるいは攻略が極めて困難な神は他にもいる。俺より事務長がその辺のデータはお手の物だろう?」

「確かにそうだけど、いきなり具体例を出すとなると悩ましいよ」

ミランダ事務長が「うーん」と腕組み。

しかめ面《つら》で天井を見上げ――

「神秘法院の記録で、ゲームの天才と言われた使徒は何人かいたんだよね。そんな彼らも十勝には到達できなかった。じゃあどんな神さまに敗れたかっていうと、私が印象に残ってるのは……」

さらに沈黙。

フェイたちが見守るなか、事務長が挙げた神の名は――

「天使。……うん天使かな。その一番上の天使長ってのが、今まで何度となく無理ゲーを仕掛けてきたってのは記録に残ってるね」


渡り鳥よりも高く――

深き蒼穹《そうきゆう》を浮遊する神話都市へケト＝シェラザード。その神秘法院本部に隣接するのが、古《いにしえ》の書が何万冊と眠る大図書館だ。

この都市でもっとも寂れた地。

あらゆる文献がデータ管理される現代において、カビと埃《ほこり》まみれの古書をわざわざ手に取る者などいない。

そんな静謐《せいひつ》の空間が——

いつからか『すべての魂の集いし聖座《マインド・オーヴァー・マター》』の場となっていた。

「…………」

木椅子に腰かける少女。

机に両肘を乗せ、いかにも物憂げに目を閉じている。

何時間も。

印象の弱い薄紫色の髪に、埃が積もるほどの時間を隔てて。

「ほっほっほ。ヘレネイアちゃん、いつものように苦悩しておるの。実に良い」

「……楽しそうですねご老体」

背後の声に、ヘレネイアと呼ばれた少女がうっすらと目を開けた。

——ヘレネイア・O・ミッシング。

本部筆頭チーム『すべての魂の集いし聖座《マインド・オーヴァー・マター》』のリーダーにして、半神半人という異端の少女である。

「ご老体も、知恵を分けては頂けませんか?」

「ほほっ。ワシは知恵という知恵など持ち合わせてはおらんよ」

褐色の少年が、声を弾ませてヘレネイアの隣に腰かけた。

「このチームを結成した時もそう。しいて言えば、ワシにできるのはヘレネイアちゃんの意思を尊重するだけ。迷える気持ちをちょっと後押ししてやるしかできんよ。あとは話し相手かの」

柔《にこ》やかな笑顔が似合う愛らしい面立ちながら、その口ぶりは奇妙なほど老獪《ろうかい》で、そして外見とかけ離れた落ち着きを湛《たた》えている。

――精霊王アララソラギ。

チーム『すべての魂の集いし聖座《マインド・オーヴァー・マター》』の一員であり、ヘレネイアの計画に手を貸している神である。

「ではご老体、私の愚痴を聞いてくださいますか」

「ほほっ。それくらいならお安い御用じゃ」

「チーム『神々の遊戯を授かりし《メイ・ユア・ゴッズ》』は、じき十勝に到達します」

「ほう？」

褐色の少年が、可笑《おか》しげに目を細めた。

「ニーヴェちゃんが妨害したのじゃろ」

「はい」

一欠片《ひとかけら》の迷いもなく断じる。

ヘレネイアの現状の狙いは、まさにアラソラギが言った「フェイのチームを妨害する」に尽きると言っても過言でない。

と——

「ヘレネイアちゃん！」

机を挟んだ対面で、赤毛の少女がバンッと机を叩《たた》いた。

線の細い気弱そうな雰囲気だが、その燃えたぎるような真っ赤な瞳には爛々《らんらん》と輝く気力が満ちている。

超獣ニーヴェルン。

つい昨日、フェイたちにマーダーミステリーの遊戯《ゲーム》を仕掛けた神である。

「具体的にはどうやって妨害するにゃ？」

「そこに悩んでいるのです」

「……はー。まったくもう」

赤毛の少女が、やれやれと肩をすくめてみせて。

「てっきり名案があると思ったのにコレにゃ。うちのリーダーは意外にドジっ子……」

「ニーヴェさんが勝つと思ったんですよ！」

バンッと続けて机を叩いたのが、他ならぬヘレネイアだ。

「余がフェイとかいう人間を止めてやろうなんて言っておいて、勝利どころか敗北して貴重な一勝までプレゼントしちゃってどういう思惑です！」

「余は楽しく遊べたから満足にゃん」

「この役立たず猫！」

ダメだこれは。

もはや赤毛の少女には目もくれず、ヘレネイアが褐色の少年に向き直る。

より正確には褐色の少年の背後——

片眼鏡《モノクル》をした知的な青年が、壁に身を預けていた。

「ねえ、なふたゆあさん」

「…………」

青年からの返事はない。

九十九神《つくもがみ》なふたゆあ。

変わった遊戯《ゲーム》を好むこの神は、今、本を上下逆さまにして読むという遊戯《ゲーム》に没頭中である。

「……なふたゆあさんもご覧の有様です。ほらねご老体、チームメイトの一員として助けてくれませんか」

「ふむ。そこまで言われたならば」

褐色の少年が顔をしかめた。

椅子に身を預け、思案げな表情で宙を見上げることしばし――ニヤッと悪戯《いたずら》っぽい笑みを浮かべてみせた。

「のうヘレネイアちゃん。そこまで悩まずとも、そもそもお主が出向けば良いではないか。攻略不可能のゲームでも作ってしまって」

「っ」

ヘレネイアが小さく身じろぐ。

対して褐色の少年は、そんな反応もお構いなしに言葉を続けて。

「神にとって攻略不可能のゲームの作成など難しくも何ともなかろう。冥界神《アヌビス》の迷宮ルシエイメアもそう、あれは脱出不可能かつ攻略不可能すれすれのゲームじゃった。お主もそれを期待したのであろうに」

「…………」

「お主らしいの」

俯《うつむ》いてしまうリーダーの少女。

その弱々しげな姿に、褐色の少年がどこか懐かしげに目を細めた。

「フェイという人間に十勝を先行されたくない。その思いだけを是《ぜ》とするならば、お主が神として絶対攻略できないゲームを用意し、ニーヴェちゃんのように強制的に自分の霊的上位世界に呼び寄せてしまえばいい」

沈黙を続ける、薄紫色の髪の少女。

それと正反対と言えるほどに、褐色の少年の声に淀《よど》みはなかった。

「人間のチームの勝利は望んでいない。けれど絶対攻略不可能のゲームなど作りたくない。

その板挟みで悩んでおるとワシには見えたが？」

「…………ご老体なら」

「ん？　ワシはどちらが是《ぜ》とも言わんぞ。決めるのはヘレネイアちゃんじゃ」

「ほんと、ずるい神」

ヘレネイアが、呆《あき》れたようにクスッと笑んだ。

一瞬のあどけなさと可笑《おか》しさを湛《たた》え……だがすぐに、それを弱々しい自嘲に変えて。

「……私が、自分勝手な攻略不可能のゲームを押しつけるのは簡単なこと。でもそれは、
どうしても納得できない気がするのです」

神ならば属性というものだろう。

人間ならば性格というものだろう。

変えられないのだ。

「そうしてしまうことが、私自身『良くない』ことと思ってしまうのです。我ながらなん

て愚直だと思うのですが……」

「しかしヘレネイアちゃん。お主、一度はそのフェイとやらを霊的上位世界に隔離しようとせんかったか？」

「――――」

少女が、再び押し黙る。

先ほどまでの自嘲の笑みから、今はもう隠しようもない自己嫌悪の顔つきで。

「……あの後、猛烈に後悔しました」

〝しばしここで眠りなさい〟

〝ここは世界で、いえ霊的上位世界《エレメンツ》でもっとも安全で心安らぐところ〟

ヘレネイアは、半神半人の神ヘケトマリアとして罠《わな》を仕掛けた。

巨神像に飛びこんだフェイを自分の霊的上位世界《エレメンツ》に誘い込み、まさしくアラソラギの言うように彼を幽閉しようと目論《もくろ》んだ。

が――

結果は失敗だった。

彼《フェイ》の神呪《アライズ》が、ヘケトマリアの霊的上位世界《エレメンツ》に何かしらの干渉をしたからだ。それがどんな干渉だったのかはいまだわからないが。

「結果として彼の脱出を許してしまったのですが……いま思えば、それで良かったと心から思います」

「その心は?」

「……結局のところ、私が力ずくの強制を卑劣と感じてしまうから」

ゲームにもあてはまる。

絶対勝てない遊戯《ゲーム》は、もはや遊戯《ゲーム》と呼ぶに値しない。

それがヘレネイアの信条だ。

「勝率0%のゲームと勝率0・00001%のゲーム。現実的にはどちらも『勝てない』と言えるでしょうが、私はまったくの別物だと思います」

「その根拠も気になるの」

「奇跡です」

その一言だけには——

ヘレネイアの声に、力強い言霊が宿っていた。

「どんなに薄くて細い道だとしても、それが勝利に繋《つな》がっているのなら奇跡は起きます。神は、自ら奇跡を啓《ひら》く者に微笑《ほほえ》むものだから」

「ほー」

「へー」

「……何ですかご老体もニーヴェさんも。二人して顔を見合わせて」

ヘレネイアが我に返った先で。

褐色の少年と赤毛の少女が、ふしぎそうに顔を見合わせていたのだ。

「いやはや、今の話を踏まえると」

褐色の少年がふしぎそうに腕組み。

「まるでヘレネイアちゃんが、あの人間とやらの奇跡に期待してるようじゃな」

「板挟みにゃ」

「……矛盾」

「ち、違います！　私は一貫しています！　なふたゆあさんまで、どさくさに紛れてボソッと流れに乗じないでください！」

チームメイト三人から詰められるも、リーダーは首を必死に振って抵抗。

事実、ヘレネイアとしてもフェイに十勝させる気などない。

あらゆる手段で妨害する気はある。

ただし——その「あらゆる手段」というのが、「遊戯の範疇として認められるあらゆる手段で」という制約を自己に課しているだけだ。

「ほっほっほ。ゆえにヘレネイアちゃんは、なるべく高難度ゲームを人間にぶつけたいというわけじゃろ？」

「……はい。巨神像からの転移先ならば、今の私の力でも干渉可能ですから」

強い神をぶつけたい。

だが迂闊《うかつ》な選定は逆に危うい。

ケイオスの助力があったとはいえ、超獣ニーヴェルンの遊戯《ゲーム》さえ攻略された。

生半可な凶悪ゲームでは歯が立たず、逆に危険な「一勝」を与えてしまうことになりかねない。

「……私は、他の神々の遊戯《ゲーム》に詳しくないですから。余計に困っていて」

「ワシの『神ネット』で探してみるかの」

「そんなシステムが⁉」

「ワシの知り合いの神々じゃ。コネとも言うがの」

そう言うが早いか、褐色の少年がすっと宙に溶けるように消えていく。

神々の住まいである霊的上位世界へと旅立ったのだろう。

「……アラソラギさん」

「あのじーちゃん、ああ見えてヘレネイアちゃんのこと気に入ってるにゃん」

少年の姿が完全消失。

ヘレネイアとニーヴェェが二人で虚空《こくう》を見上げている間に——

「戻ったぞい」

「早っ⁉」

少年の顔がにょきっと突きだした。

何もない宙から首だけが逆さに生えている、なんとも不気味な姿のまま――

「さっそく応募があったぞい。ざっと二百ほど」

「そんな集めてどうするんですか⁉」

「ほほっ。フェイという強者の情報、ワシらの想像以上に神々の世界で広まっておるらしいの。これは驚いた」

神は遊戯《ゲーム》に飢えている。

それも、ただ遊戯《ゲーム》を求めているわけではない。神の飢えを満たす知と力のある人間との戦いを求めているのだ。

フェイは、その条件を満たす。

「……でもご老体？　私が探しているのは彼と遊びたい神ではなく、彼に勝ってくれる神ですが」

「そこはご愛敬《あいきょう》じゃ」

「一番大切なところが抜けてます！……ああもう、わかりました！」

椅子から立ち上がる。

重たい頭を振って、ヘレネイアは踵《きびす》を返すや背後の書棚に振り向いた。

何千という本棚が静かに並ぶ大図書館。

埃《ほこり》が積もった床を進み、ヘレネイアが見上げた先は、古びた歴史書が並ぶ書棚だ。

「……私にも一人くらいは心当たりがあります」

下から七段目。

その段の左から、十一列目の本を引き抜いて。

と同時。

——微震が走った。

大図書館の内壁が軋《きし》みを上げ、壁であったところにポッカリと大人一人が通れるほどの隠し通路が生まれていく。

光の差さない無明の通路。

そこには、四枚翼の天使を象《かたど》った巨神像が佇《たたず》んでいた。

像の表面が淡く幻想的に輝いているのは、これが貴重な発光石から掘り出されたものであるからだ。

神秘法院本部さえ知らない、ここ神話都市に残った最古の巨神像。

コレなのだ。

この巨神像を秘匿しておきたかったからこそ、チーム『すべての魂の集いし聖座《マインド・オーヴァー・マター》』は、この図書館を拠点にしていた。

天使像の足下。

そこに生まれた光の門を、ヘレネイアが潜《くぐ》り抜《ぬ》けた先には――


果てしなき空があった。


耳よりも目よりも。

なにより先にソレを感じたのは、肌。

強風が髪をなびかせ、身体《からだ》をすり抜けるように突きぬけていく。その感覚を久しく思いだしながら、ヘレネイアは前方を見据えた。

――振り返るまでもない。

ここは円形の足場。

地上から一万メートル近くを飛翔する「宮殿」の上であることを、知っている。

「お願いがあってきました」

背を向けている人影に、声をかける。

人影――人に酷似したシルエットをしているが、ヘレネイアが見つめるその背中には、決して人にはありえない二対の翼があった。

「フレイヤさん」

「……お願いだと？」

天使。

そう呼ばれる存在が、ヘレネイアの眼前で振り向いた。

「けしからんな。お前が、吾《ワエ》にお願いだと？」

純白の四枚翼を有した少女。

並べばヘレネイアよりも小柄だろうが、その鋭い瞳には太陽のごとく燃える意思が滾《たぎ》り、全身には溢《あふ》れんばかりの気力が満ちている。

「それは人間としての願いか？　神としての願いか？」

「……後者です」

「神であるならば尚更《なおさら》けしからん。全知全能の神が、他者に何かを請うことがあるだろうか？」

「遊戯《ゲーム》で戦ってほしい人間がいます」

「…………」

少女の姿をした天使が、不思議げに片目を細めた。

「話せ」

「どんな人間かですか？」

「そうではない。なぜ私を選んだかの方を」

「…………」

ヘレネイアのわずかな沈黙。

二人の少女が立つ間に、旋風のごとき突風が吹き抜けていって——

「私の知るかぎり、あなたはもっとも人間に厳しい神ですから」

再び、沈黙。

ヘレネイアが答えを待つなかで、天使の少女が真顔のまま口を開いた。

「誤解が二つある」

「教えてください」

「まず一つ。吾《ワエ》は一介の天使に過ぎぬ。真の創造主を語るに足りぬ。この世界では神と呼ばれていようと。私は、天軍を束ねる長である」

「はい」

天使長フレイヤ。

あるいは天軍を束ねし者フレイヤ。

この天使を定義するならば、まさしくそんな言葉が適切だろう。

「では誤解のもう一つは？」

「——」

天使が、無言のままクスッと笑んだ。

冷笑とも憫笑《びんしょう》ともつかないその笑みは何を意味するのだろう。ヘレネイアがその疑問を問うか迷った一瞬の間に――

「だが興味は湧いた」

「何にですか？」

「察するに。その人間たちは十勝が近いのであろう？」

天使の少女が背を向ける。

「裁定の時だ。欲深き人間たちが、十勝を目前とした時にどんな本性を見せるのか。私が、至高の天の御使《みつか》いとして裁定しよう」

「では、お願いしていいと？」

ヘレネイアの問いに答えることなく。

天使の少女は、四枚からなる神聖な翼を雄々しく広げてみせた。

「遊戯《ゲーム》を決めるとしよう。節制と秩序に基づいた遊戯《ゲーム》を」

Chapter

Player.2 人と神の狭間《はざま》へようこそ

God's Game We Play

1

神話都市ヘケト＝シェラザードの夜は、凍えるほどに寒い。

雲よりも高い空に浮かぶ都市ゆえに、夜は雪山のごとく凍《い》てついた風が吹く。誰もが家に籠もり、外出する者は滅多《めった》にいない。

――深夜一時。

多くの住民が寝静まった刻《とき》。

神秘法院本部もフロアごと消灯している。

その二階。

廊下にパッと照明が灯《とも》った。そこから間を置かず、カツカツ、と硬い靴音が続けざまに神秘法院本部の廊下に響きだす。

「ミランダ事務長、こんな時間にダイヴセンターに入っていいんですか」

「良くないよ。だから今から申請するのさ」

ミランダ事務長に連れられて、フェイたちは真夜中の廊下を歩いていた。

こんな深夜に何をしている？

警備員に見つかったら、素直にこう答えることだろう。「こっそり巨神像にダイヴするつもりでした」と。

「昼間にケイオス君が言ってたけどさ、ヘレネイア嬢が今どこで何してるのかなんて誰もわからない。私の勘じゃ父親の看病があるから遠くに行かないはずだけど、彼女が本気で隠れたら発見は難しいよね。なにせ神だし、隠れんぼは分が悪すぎる」

「まあ、俺も人探しは苦手ですし」

フェイも、「赤い髪のお姉ちゃん」探しで半年を棒に振った苦い経験持ちだ。

土地勘のない神話都市で、姿をくらましたヘレネイアを探しあてる自信はない。
・・・それならば――
「俺たちが勝てばいい」

「そういうこと。フェイ君たちが神々の遊びで勝ち星を得て、それに焦《あせ》ったヘレネイア嬢が堪《たま》らず出てくるわけだ。そうでなきゃ私のほっぺに出来た『I《イチ》』が消えないんだよ。頼んだよケイオス君！」

「…………」

ミランダ事務長に肩を叩《たた》かれ、隣を歩くケイオスがやれやれと目を向けた。

「巨神像へのダイヴ申請なら、事務長の仕事だろう？」

「私はしょせん一支部の事務長だよ。ここがルインなら融通つくけど、あいにく本部じゃねえ。ケイオス君ならここの事務方とも顔なじみだろ？」

「……俺を真夜中に呼び出したのは、そういう事か」

溜息《ためいき》まじりに呟《つぶや》くケイオスが、懐から通信機を取りだした。

それを口元に近づけて。

「俺だ。ダイヴセンターの状況が聞きたい」

通話先は、彼《ケイオス》の知る本部の事務員だろう。

「なに、この時間はとっくに終業時間？　どうせ残業中だろう。むしろこんな応答で残業時間を延ばしたくないはずだ。……そうだ、ダイヴセンターの状況が聞きたい。いま空いている像が一つあるはずだ」

カツ、カツ……と。

廊下を早足で歩きつつ、ケイオスが通信機にまくしたてる。

「昼間、残念ではあるが第7巨神像にダイヴしていたチームが敗北して帰還したと聞いた。その像が新たに空いているはずだ。……なるほど。明日の午前十一時に参加チームの募集があると。了承した」

通信を切る。と思ったそばから、さらにケイオスが歩調を速めた。

地下に続く昇降機《エレベーター》へ――

「急ぐぞ」

「ま、待ってくださいケイオスさん⁉」

「ケイオス殿、今の会話がどのように『急ぐぞ』になるのだ？」

そこへ待ったをかけたのがパールとネル。

彼《ケイオス》の両脇を固めるように、小走りで追いついて。

「今の話って、本部のダイヴセンターの空き状況を確認したんですよね！」

「そうだ」

「ケイオス殿。今の話を聞くに、昼間に遊戯《ゲーム》が終わったばかりの巨神像がある。その像への参加チームを明日《あした》から募集すると理解したが？」

「そうだ」

だとすれば、どういうことだ？

次のダイヴは最短でも明日以降のはずなのに、この深夜になぜ急いでダイヴセンターに行く必要があるのだろう。

ネルとパールが首を傾《かし》げるなか、ケイオスは一秒も足を止めず進んでいく。

「明日の午前を待たずにダイヴする」

背中を向けたまま続けるケイオス。

「昼間の話を忘れたか？　ヘレネイア本人か、あるいは別の神に任せるのかは知らないが、お前たちの次の遊戯《ゲーム》は間違いなく凶悪なものになるはずだ」

「あー、なるほど！」

最後尾を歩くミランダ事務長が、ポンと手を叩《たた》いて。

「フェイ君たちの次のゲームは相当な難易度になる。事情を知らない他チームがそこに同席したら、彼らまで大きな敗北リスクを負うことになってしまうね」

「足手まといを避ける意味もある」

廊下の終点。

ケイオスが本部所属のカード証を翳《かざ》す。ピッ、と何もなかったはずの壁に亀裂が入り、割れるように扉が開いた。

「超獣ニーヴェルンの『すべてが赤になる』が良い例だな。フェイ、お前が勝利方法を思いついたとしても、足並みを乱す者がいればその時点で敗北したも同然だ。ならばいっそ、お前たちが単独で挑む方が勝率は高い」

ゆえに待てない。

遊戯《ゲーム》参加を希望するチームが、明日の午後には大量に集まるだろう。それに先んじて、規約違反を覚悟でダイヴするしかない。

「行って来い」

ケイオスが顎で指し示す先には──

獅子《しし》の姿を象《かたど》った、巨神像。

大理石らしきマーブル模様の石から彫り起こされた獅子像。

その雄々しき姿は、どこか超獣ニーヴェルンを思わせる。獅子の口が輝いているのは、それが霊的上位世界に続く「扉」の証《あかし》である。

「本部からめちゃ怒られると思うけど、まあ君ら『神々の遊戯を授かりし《メイ・ユア・ゴッズ》』なら本部もお小言くらいで終わるでしょ」

気楽な笑顔で手を振るミランダ事務長。

「フェイ君、私のほっぺのダサい痣《あざ》が消えるよう頼んだよ」

「この先にヘレネイアがいたら頼んでみますよ。いたらの話ですけど」

苦笑まじりで頷《うなず》いて——

フェイが何気なく視線を移した先は、事務長の背後に佇《たたず》む青年だ。

「ケイオス先輩」

「何だ」

「……いや、良《い》いのかなって。こんな真夜中のダイヴセンターに忍びこむなんて真似《まね》まで付き合ってもらっちゃって」

「好奇心だ」

くすんだ青髪で片目を隠した青年が、もう片目で見返してくる。

「お前とヘレネイアのどちらに神々が微笑むのか。間近で見届けるのが面白そうと思った。それだけだ」

「俺は、いつも通り楽しんでくるだけですよ」

かつてのチームリーダーにそう応じ、正面へと振り返る。

獅子《しし》の姿の巨神像。

「神さまの遊戯《ゲーム》をね」

その巨大な口めがけ、フェイは一気に飛びこんだ。

紺碧《こんぺき》の空。無限に続く白の大地。
フェイたちの眼前には、その空と大地を真っ二つに分かつ光の境界線が延びていた。

「……ここは？」

目が眩《くら》むような深き青空と、乾いた白の大地。

恐ろしいほど簡素な「空」と「大地」の概念しかない霊的上位世界を見回し、フェイは
ぼんやりとそう呟《つぶや》いた。

「ふしぎな場所だな」

「……殺風景なところですね」

「……同感だ。ここで神々の遊びが行われるのか？　端子精霊《ミイプ》もいないが」

同じように辺りを窺《うかが》うパールとネル。

「フェイ殿、ここでいったいどんな遊戯《ゲーム》が行われるのだろう。私には、この広い更地では
鬼ごっこくらいしか思い浮かばないが」

「俺も同感。あとは人間の知らないゲームって線か。それとも……」

真正面に目をやる。

大地から空まで続いている光の境界線――

まるで光のカーテンか極光《オーロラ》のように、ゆらゆらと揺らめいている。

「……これが唯一、ゲームギミックらしさはあるんだけどな」

何か違う。

今までのゲーム経験でしか根拠はないが、この光の境界線がゲームギミックになる絵が

想像できないのだ。

……似てるのは巨神《タイタン》の『神ごっこ』の時だよな。

……『神ごっこ』のゲーム範囲が、光の境界線で覆われていた。

あの光も、霊的上位世界に存在していたが直接のゲームギミックではなかった。

だとしたら――

空に伸びたこの光は、何と何を分ける境界線なのだ？


「ヒトと神？」


ぽつり、と。

独り言のように口にしたのは、じっと光の境界線を見上げていたレーシェだった。

「あっ、思いだしたかも。なーんか見たことあると思ったら……わたしが通過したのはここじゃないけど、この光は見覚えあるわ」

レーシェがポンと手を叩《たた》く。

かと思えば、光によって遮られた「向こう側」の空と大地を指さして。

「ヒトと神の境界よ！　光のこっちが人間側で、『向こう側』が神。わたしも神から人間になる時、ここを通過した覚えがあるの！」

「……ここが？」

「……ほ、ほほう？」

「……な、なるほど？」

レーシェは「いやぁ懐かしいわねぇ」と一人納得げに頷《うなず》いているが、残るフェイとパールとネルはあいにく理解が追いついていない。

神と人間の境界線？

この光を潜《くぐ》るか通過すると、人間が神になるというのか？

「ええとレーシェさ。俺まだイメージつかないんだけど、この光に特別な力があるって事なのか？」

「知らない」

「知らないのかよ!?　でも一回通過したんだろ、その神さまから人間になる時に」

「そうよ。神の力すべてを放棄する場所で――」

「シルクが教えてあげるよ！」

可愛《かわい》らしい声。

フェイたちが振り向いた先で――

白い地表が小さくひび割れた。その亀裂から飛びだしたのは小さな芽。フェイたちの前で芽はみるみる生長し、瞬《また》く間《ま》に色とりどりの花を咲かせていくではないか。

──花の道。

真っ白な大地に鮮やかな花が、はるか地平線まで次々と咲いていく。

その向こうから。

「わー。珍しいお客さんっ！　人間だ！」

小人がスキップ調で走ってきた。

大きな金色の瞳に、蛍光色の緑から薄紅色へと移ろうグラデーションの髪。

お伽話《とぎばなし》に出てくる魔法使いさながらの大きな帽子と裾の長いローブ。身長は、フェイの腰の高さほどだろうか。

その姿は、迷宮ルシェイメアにいた──

「ぷいぷい精霊さん⁉　冥界神《アヌビス》の迷宮にいたモンスターさんでは！」

「ぷいぷい？」

小人が可愛らしげに首を傾《かし》げて。

「シルクは大妖精だよ」

「……妖精？　精霊さんじゃなくて妖精さんなのですか？」

屈《かが》みこむパールが、大妖精を名乗った小人をじーっと凝視。

ちなみに迷宮ルシェイメアのぷいぷい精霊はパールに見つめられて逃げだしたが、このシルクと名乗る妖精は怯《おび》える気配がない。

「ねえフェイさん。妖精と精霊の違いってわかります？」

「俺が聞きたいよ」

苦笑いで首を横に振る。

自分《フェイ》の知識では、妖精というのは童話に出てくる存在という程度だが……

「アンタが今回の神さまか？」

「ううん。シルクはアルフレイヤ様に仕える大妖精。今だけフレイヤ様に仕えているの」

「……どちら様？」

アルフレイヤ？　フレイヤ？

今の流れからして神の名前に思えるが、自分《フェイ》は聞いたことがない。

「じゃあその神さまはどこに……」

「シルクが案内するんだよ。うんしょ！」

大妖精が、自分のローブの裾をちらっとめくる。

そこから取りだしたのは辞書のようにぶ厚い古書だ。シルクが手を離すや、その古書が宙に浮かび上がっていく。

続いて、ビッ、と何かが破れる音。

フェイたちが見上げるなか、古書のページが宙でビリビリと引き裂かれていく。

「……いいのか？　大事そうな本が破れていくけど」

「いーのいーの」

フェイの指摘にも大妖精はニコニコ笑顔。

一ページ、また一ページ……数十ページと引き裂かれたページがひらひらと宙を舞う。

続いてそのページから、ページに印字されていた文字が分離を始める。

渡り鳥が空で連なるように、文字が宙で連なって――


〝ココは『神に至ル最果て』。９勝に到タッした人間ガ召喚サレる〟


伝言《メッセージ》。

大妖精ではない誰かの言葉が、古書の文字を通じて再生されていく。

「……え？　アタシたち九勝なんて到達してないですよ⁉」

「う、うむ！　私たちの勝ち星は――」

慌てて自分の掌《てのひら》を見やるパールとネル。

そう。フェイ自身も念のため自らの掌にある勝ち星を確認したが、そこに刻まれた数字は九勝では・な・い・。

「って事はだ。ここは九勝に到達した使徒だけが来る場所じゃない。九勝以前でも神さまに召喚されたら来ることができるってことか？」

「そんなところね。わたしも人間の立場で来るのは初めてだし」

フェイとレーシェが見上げる宙で――

〝場ショハ教えタ〟

〝これからラ、ぷレイやーには、自力でココに到着シてもらう〟

どういう事だ？

その疑問を口にするより先に、伝言《メッセージ》を構成する文字列が激しく輝きだした。

一文字一文字が、あたかも太陽のごとき光を放って――

――霊的上位世界「天使宮殿ゲシュタル・ロア」

VS　？・？・？・？

ゲーム、開始。

真っ青な空――

耳よりも目よりも。

なにより先にソレを感じたのは、肌だった。

吹きすさぶ風が髪をなびかせ、身体《からだ》をすり抜けるように撫《な》でていく。ヒト一人など他愛《たあい》なく吹き飛ばしそうな強風が、ここではふしぎと心地良い。

真下は、切れ間一つない雲海。

そう――


自分たちは、遥《はる》か高き空に立っていた。


一瞬前まで立っていた大地などどこにもない。

まったく違う場所、あるいは違う異空間に転移させられた？

「な、なな何ですかここはっ⁉ ま、まさかウロボロスさん！」

パールがウロボロスの名を叫んだ理由――

無限に広がる真っ青な空に放り出される遊戯《ゲーム》といえば、否《いや》が応《おう》でもウロボロスの『禁断ワード』を思いだす。

が。

「待てパール。よく見ろ足下を！」

パールの肩に手をかけたネルが、自らの足下を指さした。

鱗《うろこ》に覆われたウロボロスの背中ではない。

——巨大な円盤上。

自分たちは今、空中に浮かぶ巨大な足場の上に立っていたのだ。

「そもそもウロボロス殿は、数日前まで我々と一緒に行動していただろうが。本部に来る寸前でどこかに過ぎ去ってしまったが」

「そ、そうでした……」

パールがふぅと安堵《あんど》の息。

あの超絶難易度の『禁断ワード』を二度やらずに済んでホッとした。そんな安心しきった表情ではあるが。

「もしやウロボロスの別のゲームだったりして」

「いやぁぁぁぁっっっ⁉」

「冗談だよ。アイツだったらとっくに本人が出てきてるだろ」

かく言うフェイも、一瞬その考えは過《よぎ》ったのだ。

神話都市に入る直前で別れたウロボロスが、こういう重要な時に「はっはっは、人間ちゃん！　十勝が近くなってきた今だからこそ我が遊びに来たよ！」と無茶苦茶《むちゃくちゃ》なゲームを仕掛けてくるのも覚悟していた。

……でも、そんな雰囲気じゃないよな。

……全長一万メートルなんて超規格外の龍《りゅう》がいるなら、もう出てるはずだし。

ウロボロスではない。

だとすれば？

「空にいる神さまなら、たとえば翼があったりする神さまか？」

眼下の雲海を見下ろしつつ、記憶を巡らせる。

翼を持つもの。

真っ先に挙がるのが「鳥」。

あるいは空を飛ぶなら、無限神《ウロボロス》のような「龍」。

あとは、まさか・・・。

そう思いを馳《は》せるフェイの頭上に、ザワッと唸《うな》るような無数の羽ばたき音。さらには閃《せん》光《こう》のごとき鋭い光の筋が降りそそぎ――

「地を往《ゆ》く者たちよ」

その声は。

何百という翼の羽ばたきを従えてやってきた。

「御使《みつか》いたる我々が、お前たちを審判しよう。ゲームの始まりだ」

翼もつ天上人。

空を埋めつくすほどの天使が、大いなる後光を従えて降臨した。

「……あー……なるほど」

心の奥底で可能性としては感じていたが。

「本当に引くかよ。ミランダ事務長の予感大当たりだ」

天使の軍勢。

人間に近い姿であるがゆえに「人間の完全上位互換」と、そう呼ばれる霊的上位存在を見上げ、フェイは問いかけた。

「で、どんなゲームで遊んでくれるんだ？」

Chapter

Intermissiont　父と娘と神々の詩《うた》

God's Game We Play

神秘法院本部、三階。

昇降機《エレベーター》を降りたそこに、大理石でできた廊下が延びている。

あたかも白の画板《キャンバス》のように——

壁を彩る何十枚という絢爛《けんらん》なステンドグラスと、それを通した極彩色の光が、足下に続く白の廊下に幻想的な絵画を描きだしている。

その先には——

本部・理事長室。

すべての神秘法院の統括者の執務室だ。豪奢《ごうしゃ》な金色をあしらった両開きの扉を開ければ、そこは応接間。

その応接間に、一人の老人が横たわっていた。

ソファーに白のシーツをかけただけの簡易ベッド。

老人は、その上でピクリとも動かない。

わずかな胸の上下がなければ、医師さえも死を案じていただろう。事実この老人はもう幾たびも緊急手術を経験している。

生死の境をさまよう闘病を克服してなお、身体《からだ》はまだ衰弱の内にある。

「…………………」

本部理事長アウグストゥ・O・ミッシング。

若かりし頃は血気盛んな使徒だった。

血気盛んが過ぎて、使徒を引退してからも使徒のコーチに熱中しすぎるあまり、子宝に恵まれるのが遅かったと本人は冗談まじりで言うことがある。

たった一人の大切な娘――

その娘の名を、ヘレネイア・O・ミッシングという。

「……私は、悪い娘です」

昏々《こんこん》と眠り続ける老人《ちち》の手を取る。

指先一本一本をゆっくりと握りしめ、ヘレネイアは困り顔の微笑でそう口にした。本部の誰にも見せない弱々しい笑みで。

「……お父様に言えないことが沢山あります。私は父アウグストゥの娘で、同時に、神の身分を持った中途半端な存在です」

ヘレネイアではなく、ヘケトマリア。

それが三千年前——古代魔法文明の時代を生きていた頃の名だ。神々の遊びで十勝し、神への昇華を望んだ。

もうこれ以上、強すぎる「神呪《ちから》」を人類に与えぬために。

神々の遊びを抹消しようとした。

古代魔法文明時代、人類が、ゲームのための神呪《アライズ》を闘争に使い始めたから。

「……あの時代、一度は成功したのです……私の力をすべて使い果たすことと引き換えに、人々は『神々の遊び』の記憶を失った。けれど……」

人類は思いだした。

「わたしにも予感はありました。神々の遊びの記憶を消去しようと、遊戯を求める人の心までは変えられない」

埋没した巨神像を発見し——

神々から神呪《アライズ》を与えられ、再び『神々の遊び』が始まる未来も予想できていた。

それが現在《いま》だ。

「……無駄なあがきかもしれません。私がこの時代の『神々の遊び』を消し去ろうとも、百年先か、千年先か、人類はまた思いだす。……でも決めたのです。ならば私も、何度でも神々の遊びを消し去るしかない。永遠に続けようと」

そう決めたのだ。

人であり神である自分は、そういう生き方をすると決めたのだ。

「……お父様は、神秘法院の理事です。神々の遊びを誰よりも真剣に考えて、人類が勝つために支援する。夜遅くまで働いて、こんな身体《からだ》でも無理をして理事を続けられている。私は美しいと思います。心から尊敬します………だけど……」

握った手に力をこめる。

握り返されることはない。そうわかっていても——

「私は、神々の遊びを消したいのです。お父様の願う、神々の遊びで人類の勝利が訪れることがなきように……」

フェイ・テオ・フィルスの十勝は起こりえない。

起こさない。起こさせない。

「ヘレネイアちゃん」

トン。

名前を呼ぶ声とともに、理事長室の扉が微《かす》かにノックされた。

顔を覗《のぞ》かせた褐色の少年が、倒れた老人をちらりと見やり、それからこちらに無言で頷《うなず》いた。

「もう始まるようじゃぞ。フェイとやらの九勝目を賭けた戦いが」

「……わかりました」

父の手を握ったまま頷く。

扉の向こうでアラソラギの気配が消えるのを待ち、ヘレネイアは今一度、ソファーで寝入る父を見下ろした。

「私は悪い娘です。お父様に大事な秘密を何一つ伝えられてない。だけど……たった一つ本当に本当の気持ちがあります。私、お父様を愛しています。大切です。今までもそしてこれからも。……だからどうか、健やかに」

唇を噛《か》みしめ、立ち上がる。

微かな寝息を立てる父に頭を垂れて、『すべての魂の集いし聖座《マインド・オーヴァー・マター》』を束ねる少女ヘレネイアは執務室を後にした。

キイ……

両開きの扉が、ぎりぎりまで音を絞って閉じていく。

ここ執務室に伝わってくる廊下側の足音が、小さくなっていく傍《かたわ》らで。

「…………」

本部理事長アウグストゥは、ゆっくりと瞼《まぶた》を開けた。

ぼんやりとした視界。

この老人は、常に起きていたわけではない。では何がキッカケで起きたのかというと。

「……ヘレネイア？」

宙に漂う、微《かす》かな花の香水だ。

娘が使っている香水が、父を眠りから覚醒させた。

「――――」

窓を見れば、そこには新しい花を生けた花瓶もある。

この香水の香りもそうだ。少し前、もしかしたら数秒前まで、ここには娘ヘレネイアが見舞いに来ていたのだろう。

「そうか。また心配をかけてしまったか」

まだ自由の効かない肉体に、力をこめる。

ソファー上で、老人はゆっくりと上半身を起き上がらせた。

「……悪い父親だ、私は」

Chapter

Player.3　もっとも高き天の守護者

God's Game We Play

1

〝地を往《ゆ》く者たちよ〟

〝御使《みつか》いたる我々が、お前たちを審判しよう。ゲームの始まりだ〟


天使――

この翼持つ天上人は、古今東西、あらゆる伝承に登場してきた存在だ。人間以上の力と知恵を持つ、言うなれば「人間の上位互換」。

それが何百体いるだろう。

紺青の大空域を塗りつぶす天使たちが、フェイたちの頭上に降臨していた。

「……壮観だけどさ」

そんな天使たちを見上げ、フェイは苦笑い気味に首を傾《かし》げてみせた。

「数が多すぎないか?」

神々の遊びは、なんといっても神VSヒト多数。

GM《ゲームマスター》たる神に対し、使徒が結集して挑むシステムになっている。

……太陽神《マアトマ》は猫ゴーレムをたくさん連れてきてたっけか。

……ユグドラシルの森で妖精《ニンフ》・樹人《ドライアド》・樹精《トレント》の連合とも戦ったことはあったけど。

これだけの数は例がない。

もちろん、この軍勢と戦うと決まったわけではないが。


「──静粛に」


ざわっ。

冷厳なる声が響きわたり、空を埋めつくす天使の羽ばたき音が一斉に消えた。

ピタリと空中停止する天使たち。

その最前列にいた天使の少女が、フェイたちの眼前へと降りてくる。


「吾《ワエ》は、天軍を束ねる長フレイヤである」


まず目につくのが純白の四枚翼。

背丈はパールと同じくらいだろうが、大きく広げられた翼は、その小柄さと不釣り合いなほど立派で厳かだ。

凍りついたように無感情な表情《かお》。

自分《フェイ》たちを見つめる双眸《そうぼう》だけが、燃えたぎる太陽のごとく爛々《らんらん》と輝いている。

「って、ミランダ事務長が言ってた天使長じゃないですかぁぁぁぁ!?」

頭を抱えてパールが絶叫。

「事務長があんなフラグ立てるから、本人出てきちゃいましたよ!」

「……う、うむ。明らかに格の高い天使だな」

フレイヤと名乗る天使の翼を凝視し、ネルがごくりと息を呑《の》む。

まわりの天使の翼は二枚。

だが天軍の長を名乗るこの少女だけは翼が四枚なのだ。天使たちを統べる存在として、まず間違いあるまい。

「──ところで人間たち。この浮遊感をどう思う?」

「え?」

「ここは天使宮殿」

天軍の長フレイヤが、スッと背を向けて歩きだした。

円盤状の足場の縁すれすれまで。

あと数センチではるか下の雲海めがけて転落──人間なら足が竦《すく》んで動けない光景も、天使ならば何一つ恐るるに足るまい。

「心地良かろう? この空。この雲海。この頂きから見下ろす景色はどうだ? 地上など、手中に収まる大きさでしかない。この支配感。地上のすべてが矮小《わいしょう》に映るだろう？」

天使の少女が、振り返った。

その手に銀色の指揮棒《タクト》を握りしめて。

「欲深き人間《おまえたち》ども、人間は、この偉大なる空で何を望む？」

「……よ、欲深き……」

「……さんざんな言われようだな」

ボソッと口にするパールとネル。

だが確かに伝わってくる。

神々の遊びでは人間に好戦的・好感触の神々が主流派だが、この天使は、人間にさほど友好的ではないかもしれない。
・・・・・・見定めている。
先ほど天使が口にした「審判」という言葉。つまりはそういう事なのだ。

「ま、アンタらが何を考えていようと構わないけどさ」

頭上の天使たち――

続けて、正面の天使フレイヤをまっすぐ見つめ、フェイは答えた。

「答え合わせなんて必要ない」

「……何？」

「この空で何を望むのかって？　そんなもの審判されるまでもなく決まってる。俺たちが望むのは『楽しいゲーム』。これだけだ」

「――――」

天使の少女が口をつぐんだ。

一切の表情を湛《たた》えぬまま、その眼光が突き刺さるほどに鋭く見据えてくる。

「強・欲・だな。けしからんぞ、その願い」

「そうか？」

「この遊戯《ゲーム》が楽しいか？　楽しめるかどうか？　それは人間《おまえたち》次第である」

「ごもっとも」

天使が言外に含ませた意味を察し、フェイは微苦笑で応じてみせた。

遊戯《ゲーム》は、両プレイヤーの力量が競ってこそ楽しい。

良い勝負にしてみせろ。

頭上に浮かぶ天使の軍勢すべてが、そういう目でこちらを見下ろしているのだ。

「ところで――」

改めて、フェイは天使の軍勢を見上げた。

ざっと百体以上。

鎗《やり》を持っている天使。

鎧《よろい》で武装している天使。

弓矢を持っている子供は愛天使《キューピッド》だろうか。

雪のように白い三頭獣《キマイラ》は、聖獣として知られる類《たぐい》だろう。

まさしく天の軍勢である。

「こんな大勢で歓迎してもらってありがたい限りだけど、まさかアンタら全員と俺ら四人で勝負するってことはないよな……？」

「天軍総員で勝負である」

「そうなの⁉」

「ここにいるので十分の一といったところか」

「どんだけいるんだよ⁉」

なおさら遊戯《ゲーム》が想像つかない。

少なくとも、この人数差で「追いかけっこ」がお題なら人間側に勝ち目はないだろう。

「お前たち」

天軍の長フレイヤが、銀色の指揮棒《タクト》を宙へと向けた。

「配置につけ」

命じると同時に――

凄《すさ》まじい数の天軍が、花火が弾《はじ》けるがごとくパッと散った。

四方八方へと散りつつ急降下していく。

「あれ？　天使の皆さんどこへ？」

その動きを追ってパールが円盤の縁まで走っていき、恐る恐る眼下を見下ろす。

「……飛び降りていっちゃいましたけど」

この下に何かがある？

天使たちが急降下していった先には——

「ここは天使宮殿ゲシュタルロア」

天使の少女が、足下の床をトントンと蹴りつける。

「お前たちが立っているのは、その最上部にある尖塔《せんとう》だ。宮殿本体はこの下にある」

「な、なるほどです？」

ポカンとしながらも頷《うなず》くパール。

「……ええと、あたしたちの足場の下には大きな宮殿があると。天使さんの住処《すみか》ですか？　とにかく全員そこに戻っていったと」

「この天使宮殿ゲシュタルロアを、今から天使学校エンジェリンと呼ぶ」

「……はい？」

「……え？」

「……何？」

「……エンジェ……？」

フェイ、パール、ネル、レーシェがぽかんと顔を見合わせる。

ああそうか聞き間違いだ。

自分《フェイ》のみならず誰もがそう思ったことだろう。

「この天使宮殿ゲシュタルロアを、今から天使学校エンジェリンと呼ぶ」

「ええとそれは……」

「悪い、もう一回……」

「ゲーム設定だ」

天使の少女が、銀色の指揮棒《タクト》で足下を指し示す。

と同時。

積み木が崩れるがごとく、足場だった円盤がボロボロと分解していくではないか。

「おおっ⁉」

「落ちます落ちますぅぅうぅうっっっ⁉」

真っ逆さまに落下。

そのまま一直線に雲海へと落ちていく——大理石調の床がフェイたちを受けとめた。

先ほどの円盤の足場より何倍も広い。

学校の校庭ほどの広さはあろう白い石床が、フェイたちの足下に広がっている。

「あ、あいたたた……」

「ここは……？」

「天使学園エンジェリンの屋上だ。学校には屋上があるものだろう？」

ばさり、と翼を羽ばたかせて着地するフレイヤ。

そこへ――

「フレイヤしゃま、お待たせしました！」

大妖精シルクが、自分より巨大な備品をガラガラと押し運んでくるではないか。

黒板である。

学生生活を送った者なら、嫌でも見覚えある備品だ。

「静粛に」

パシッ、と指揮棒《タクト》を教鞭《きょうべん》さながらに打ち鳴らすフレイヤ。

「校長のシルクよりゲーム講義だ」

『校長なの!?』

「えっへん！　じゃあ始めるよー」

天使学園なのに、まさかの妖精が校長である。

そんな大妖精シルクが両手を頭上にかかげた瞬間、ふわっと舞い上がる小さな旋風が、黒板に添えられていた三本のチョークを持ち上げた。

――自動書記。

風に操られた三本のチョークが、黒板に流麗な文字を綴《つづ》っていく。

ステルス潜入アドベンチャー『神をめざして飛ぶ者よ』

【ゲーム概要】
あなたたちは神々の遊びの卓越者。
よくぞここまでの勝利を収めました。
功績を称《たた》えて『神に至る最果て』へと招待します……と言いたいところですが、
あの聖域は特別な場所なので、示されているのはヒントのみ。
あなたたちは入念な調査と冒険の末に、天使学園エンジェリンが『最果て』に
繋《つな》がっているという噂《うわさ》を耳にしました。
そして侵入成功！
ですが、ここは天使たちの学《まな》び舎《や》にして聖獣たちが目を光らせる塒《ねぐら》。
人間が見つかったら侵入者として撃退されます。
タイムリミットは3時間。その間に、空飛ぶ要塞『天使学園』から『最果て』に
たどり着いてください。

【勝利条件】
最低一人が、天使学園エンジェリンから『最果て』にたどり着くこと。

【敗北条件】
勝利条件を達成できないすべての場合。

【特殊ルール】
天軍に拘束されたプレイヤーは「捕虜」となり、その場で行動不能となる。
捕虜となったプレイヤーは救出可能だが、全員が捕虜になると「全滅」になる。
なお、捕虜になること以外でも全滅する場合がある。
全滅後は、初期位置（この屋上）からリスタート。
全滅のペナルティ――全滅ごとにタイムリミットが10分早まる。

文字群を、穴が開くほどじっと見つめて。

「……ええと」

パールが、恐る恐る口を開いた。

「この『神に至る最果て』って目標《ゴール》、あたしたちがさっきまでいた場所と同じでしょうか。あの光の境界線があった場所……」

「なるほどなるほど？」

ニヤニヤと楽しげに応じるレーシェ。

「わたしたちはさっきの『最果て』から、全然違う場所なのか異空間に飛ばされて、この天使学園にやってきた。で、この空飛ぶ学園のどこかに転移ギミックがあるから、それを見つけて『最果て』に辿《たど》り着《つ》けってことね。ただしルールにも書いてあるけど、天使たちが妨害してくるんでしょうね」

レーシェが身を屈《かが》め、大天使シルクをじっと見つめる。

「で。校長？　わたしたちが侵入する天使学園っていうのはどんな所なの？　もう少し詳しい説明があってもいいんじゃない」

「えっへん！」

校長と呼ばれた大妖精が、どこからともなく新たな黒板を運んで来て。

「教えてあげる！　これが天使学園なの！」

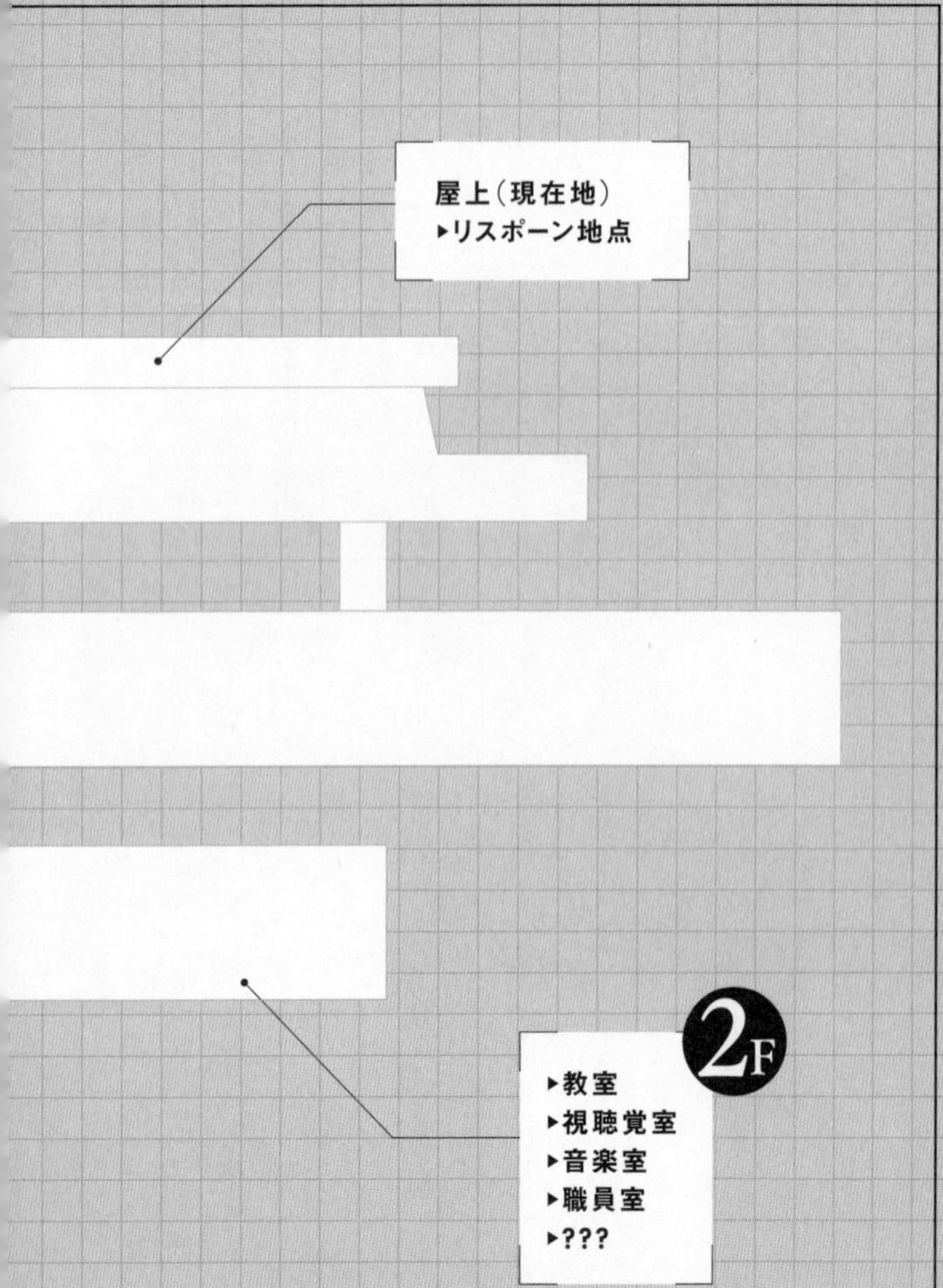
屋上（現在地）
▸リスポーン地点
2F
▸教室
▸視聴覚室
▸音楽室
▸職員室
▸???

天使学園エンジェリン MAP

Angel Academy "Angelin" School Map

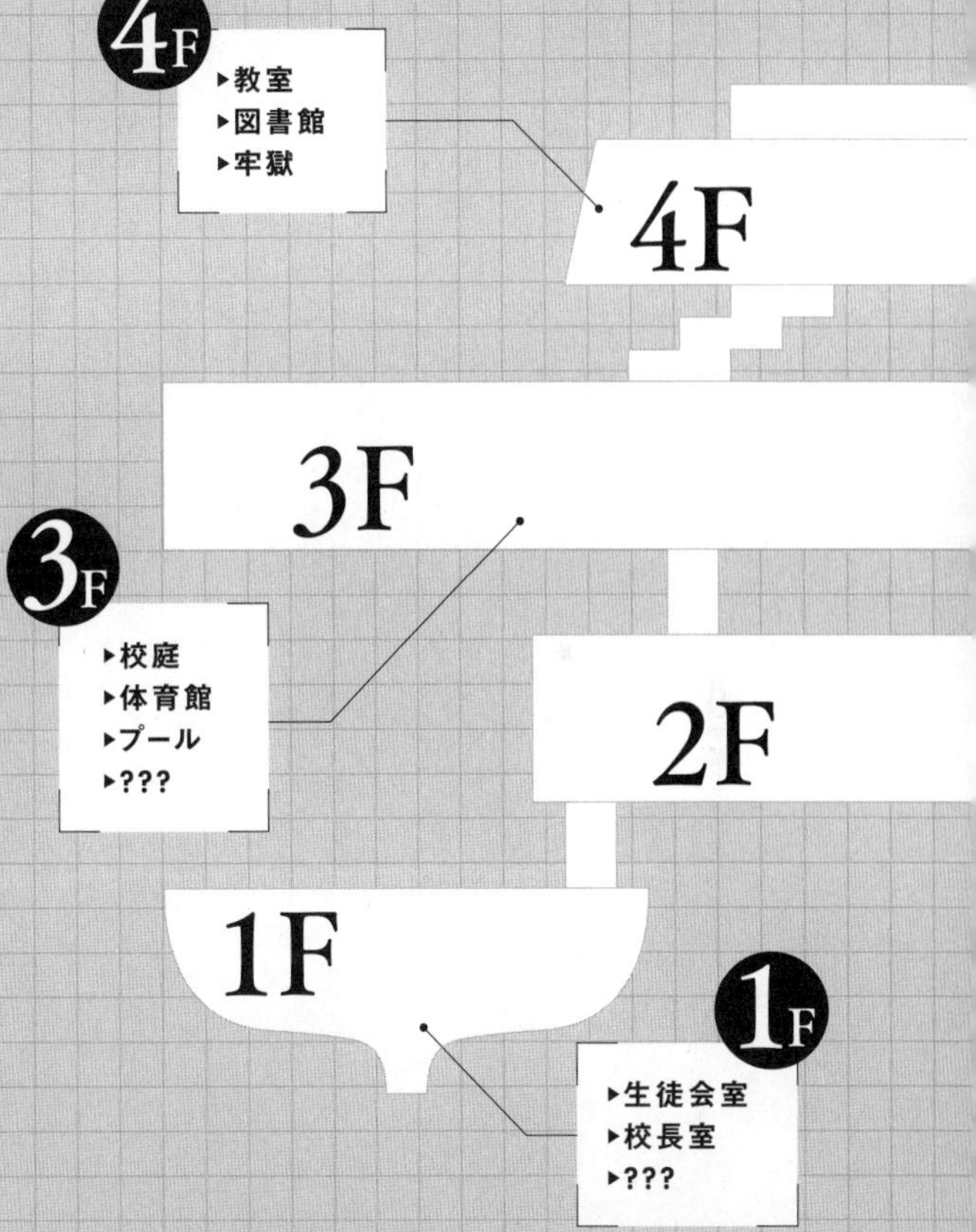

【天使学園エンジェリン】
屋上：現在地
4F：「教室」・「図書館」・「牢獄《ろうごく》」
3F：「校庭」・「体育館」・「プール」・「?・?・?」
2F：「教室」・「視聴覚室」・「音楽室」・「職員室」・「?・?・?」
1F：「生徒会室」・「校長室」・「?・?・?」

教室名は、誰しも馴染《なじ》みのあるものが多いだろう。

ただし——

ここ天使学園のかたちは、まるで一隻の船や飛行船のような流線型である。

「……独創的な形の学園ですねぇ」

「……うむ。それでいて教室名は人間の学校と似ているな。不思議な感覚だ」

マップを眺めるネルとパールは、二人とも狐《きつね》につままれたような表情だ。

図書室、体育館、音楽室、職員室など。

ここにある教室名は誰しも一度は見たことがあるものばかりだが、天使の学園だけあって形状は一癖も二癖もある。

「ねえフェイ！　わたしは『？・？・？』が今から気になって仕方ないわ！」

「ああ。それと俺は、目立つ『？・？・？』に混じって四階にさりげなく『牢獄』って書かれてるのも気になるんだよな」

現在地が屋上。

マップを見るかぎり探索対象は四階から一階までの四フロア。

……制限時間が三時間だから。

……一フロアにつき一時間も使えないんだな。天使の見張りもあるなかで。

この天使学園は相当に広い。

屋上の規模から推測して、フロアの広さが人間の学校の倍以上あるかもしれない。

「最下層の一階は狭そうだけど、残る三フロアがな」

「この探索を三時間で、ですか……」

パールがごくりと息を呑《の》む。

「か、過酷ですよこれは！　全部見て回るのは現実的じゃありませんよ！　最初から怪しいところにアタリをつけて、頭を使って動かなきゃ！」

「同感だ……が」

黒板を睨《にら》みつける、ネル。

「怪しいの目星を外せば敗北も同然だぞ。我々は、ゴ・ー・ル・が・何・な・の・か・さ・え・わ・か・ら・な・い・」

そう。

勝利条件は「最果て」にたどり着くこと。

ゴールを目指す点では迷路脱出とも言えるが、似て非なるのが「ゴールが何処《どこ》にあるかわからない」ことだ。

最果てに通じるエリアはどこにある？

天使学園のマップのどこにも記載がない。

「……学園のどこかに、最果てに繋《つな》がってる場所があるはずですよね」

パールが黒板に近づいていく。

マップの隅から隅まで、穴が開くほど凝視して。

「あたしの空間転移《テレポート》は三十メートルですが、天使の拠点ならば何百何千メートルどころか別次元に転移できる装置があってもおかしくない。その隠し場所は、あたしが思うに監視がもっとも厳重な……ズバリここです！」

バンッ、と！

パールが黒板めざして指を突きつけた。

「この最下層にある『校長室』！　校長室の扉を開けると、そこが『最果て』に繋がっている説はいかがでしょう？」

「まあ待てパール、この三階、二階、一階にある『？？？』も怪しいぞ」

ネルが隣に並ぶ。

パールと同じように黒板のマップを指さして。

「ゴールの『最果て』は一つのはず。だとしたら本物の『最果て』が『？？？』に隠されていて、残り二つがダミーである可能性はどうだ」

「……うーん。でも『？？？』がゴールだなんて直球すぎませんか？」

「待ちなさい！」

さらに後ろから掛け声。

パールとネルに割りこむかたちで、レーシェがずいっと進みでて。

「最下層が怪しい？『？？？』が怪しい。そうね。真っ先にそう考えたくなるけど、それじゃあまりに素人芸！　深いフロアを捜索したくなる意識の裏をついて、実はここ屋上こそが最果てに続いているってネタはどうかしら！」

「……それは確かに盲点ですが」

「……この屋上に怪しいものはないぞ、レーシェ殿」

パールとネルにあわせて、フェイも周囲を見回してみる。

学校の校庭並に広いコンクリートの床が広がっているだけで、たとえば屋上にあるはずの手すりやフェンスのような物は何もない。

端っこで足を滑らせれば、それこそ真っ逆さまに転落だ。

「じゃあ四階よ！　『？？？』がない唯一のフロアで、そのかわりに『牢獄《ろうごく》』なんて部屋があるのは不自然だわ。ねえフェイ！」

「ああ。あとはマップにない隠し部屋も怪しんでおきたいけどな」

ルールが記載された黒板を再び見やる。

タイムリミットは三時間。

そして黒板の後ろには、一本の塔にタイムリミットを告げる時計がついてる。

今はまだ3時間。

自分たちが四階に降りた瞬間から、この表示が動きだすのだろう。

「手当たり次第『最果て』を探す時間はなさそうだな。一フロアがとにかく広そうだし、まじめに捜索しようとしたら二フロアくらいが限界か……」

なにせ天使学園だ。

自分たちは不法侵入する人間で、天使たちの妨害があることも明記されている。探索は相当に手こずると考えた方がいい。

……あとはルールテキスト。

……見た感じ、制限時間にもギミックが仕込んでありそうなんだけどな。

いずれにせよ憶測だ。

これが時間との戦いであることは疑いない。天使学園への侵入&探索をどれだけ効率よく実行できるかが勝敗を分かつ。

「なあ質問……ん？」

天軍の長フレイヤが屋上のどこにもいない。

「フレイヤ様も配置についたんだよ」

にこにこ笑顔の大妖精。

「校長のシルクからのとっておき情報。フレイヤ様はとっても強いから、出会《でくわ》すと大変なんだよ」

「……そりゃGM《ゲームマスター》だもんな」

最強の敵だろう。

もっとも濃厚な線は、冥界神《アヌビス》が迷宮のラスボスとして立ちはだかったように、「最果て」の直前で待ち構えている可能性。

「迷宮ルシェイメアの攻略が活《い》かせると良いのだが」

マップを凝視し続ける、ネル。

「天使学園がいわば巨大な迷宮。パフー等のモンスターの代わりに天使がいると考えれば、我々にはルシェイメアを嫌というほど彷徨《さまよ》い続けた経験値がある」

「そ、そうですよ！　ダンジョン攻略ならお手のものです！」

「………………」

そういう観点もある。

だが自分が二人の会話に乗らなかったのには、当然にワケがある。

本当に？

この天使学園を、迷宮ルシェイメアの亜種と捉えていいのか？

……まず明確な違いが二つ。

……時間制限があること、そしてゴールへの行き方がわからないこと。

時間制限の有無で、探索方法は大きく変わるだろう。

そしてもう一つ、ルシェイメアはゴールが最深部と明示されていた。だが天使学園は、ゴールが意図的に隠されている。

これがどれだけの違いを生む？

天使学園を探索しないとわからないが、迷宮ルシェイメアと似たものという先入観は危険かもしれない。

「天使学園なんだから、天使が立ちはだかると思っていいのよね」

フェイの隣で、レーシェが宙を見つつ腕組み。

「さっきウジャウジャいた天使が、学園のそこら中にいるってことでしょ。まず基本路線として見つかったら面倒ね。向こうは空を飛べるわけだから。単純な追いかけっこは分が悪いわ」

「あと捕まった者は『捕虜』か。これも気になる単語だな……」

黒板のルールを覗《のぞ》きこむネル。


【特殊ルール】

天軍に拘束されたプレイヤーは「捕虜」となり、その場で行動不能となる。

捕虜となったプレイヤーは救出可能だが、全員が捕虜になると「全滅」になる。

なお、捕虜以外でも全滅する場合がある。

全滅後は、初期位置（この屋上）からリスタート。

全滅のペナルティ――全滅ごとにタイムリミットが10分早まる。


「フェイ殿。ルールにある『捕虜となったプレイヤーは救出できる』は、フェイ殿たちが戦った巨神《タイタン》との『鬼ごっこ』のようなものだろうか？　あれも神の手先となったプレイヤーを助けることができたはずだ」

「……そう見えるけど、そう見えない気もするんだよな」

同じとは断言できない。

いや、むしろ心境としては「違う」に寄っていると言ってもいい。迷宮ルシェイメアと天使学園を亜種に見てはいけないのと同じく――

……これも同じだとは思わない方がいい。

……むしろ経験値が生かせるという過信そのものが罠《わな》。そのくらいの覚悟がいる。

あとは実際に学園を見てからだ。

「とにかく行くか。天使たちの学園がどんなものなのか。それを見なきゃ作戦も何もない」

「準備はいい？」

校長役の大妖精シルクが、嬉《うれ》しそうにこちらを見上げてくる。

と思ったそばから片手を振り上げて。

「じゃあしゃがんで。爆発するよーっ」

「へっ？」

「え？」

「む？」

「あら？」

呆気《あっけ》に取られたフェイたちの前で。

大妖精シルクが、だぶだぶのローブの裾からパイナップルのような何かを取りだした。

よく見れば先端に「ジジッ……」と小さな火花が。

「手榴弾《しゅりゅうだん》だっ⁉」

フェイたちが大慌てで身を屈《かが》め——

シルクがポイッと放り投げた手榴弾が、真白い床で大爆発。轟《ごう》ッ！　という唸《うな》りと共に炎と粉塵《ふんじん》を撒《ま》き散《ち》らした。

「け、けほっ……ああなるほど……」

咳《せ》きこむフェイが見つめるのは、手榴弾が放り投げられた先である。

屋上の床にぽっかりと空いた大穴。

「天使学園の屋上にたどり着いた人間たちが、今まさに侵入のための穴を床に開けたってストーリーか」

大妖精シルクもいつの間にかいない。

天軍の長フレイヤと同じく、天使学園の校長としての配置に着いたのだろう。

「も、もう始まってるんですね……！」

足下の大穴を怖々と見つめて、パールが拳を握りしめる。

そして時計塔の時刻も動きだす。

既に『2：59：58』と、一秒また一秒とタイムリットに向かいつつある。

「さあ侵入だ、天使学園に」

大穴の先へ――

懐かしさと未知が入り交じった天使の学園へ。

フェイは、助走をつけて飛びこんだ。

天使学園エンジェリン　４階（教室・図書室・牢獄《ろうごく》）

屋上の大穴から飛び降りて――

フェイたちが着地したのは、四階の廊下だった。

「あいたっ⁉　あ、足を挫《くじ》いたかも……」

「静かにパール！」

着地した途端《とたん》に声をあげたパールの口を、レーシェがさっと手で塞ぐ。

「……授業中よ・・・」

「は、はいっ⁉」

我に返ったパールが、口を押さえられたまま目を見開いた。

――しん、と静まった廊下。

鮮やかな空色の廊下に、真白い天井。そして「1－A」「1－B」といったプレートのついた教室が並んでいる。

「……まさか、ここまで人間の学校と同じとは」

ネルがこくんと息を呑《の》む。

まっすぐ延びた廊下の壁側には教室が並び、その反対には大きな窓。窓の向こうには青空が広がっているのも見える。

「それはそれとして、天使って勉強熱心なのね」

教室の扉に張りついたレーシェが、扉のガラスから中をチラ見。

三十体以上の天使が椅子に座り、黒板の文字を真剣に書き写している。一体としてよそ見をする素振りもない。

「でも背中の翼がある分、前後が狭くて窮屈そうね」

「……ちょっとシュールですよねぇ」

学生服である。

まさに天使学園の名に偽りなく、生徒役の天使たちはネクタイ付き学生服で、教師役の天使は会社員のようなスーツ姿だ。

「あの学生服って、人間《わたしたち》とのゲーム用にわざわざ仕立てたのかしら?」

「……意外とおちゃめさんですね、天使って」

「見なさいパール、あの真剣にメモを取る態度！　やはりゲームの基本はロールプレイよ。あの天使たち、相当に場慣れしているわ！」

なぜか感動するレーシェ。

ちなみに黙っているフェイとネルは、こちらの声がいつ教室の天使たちに気づかれやしないかとハラハラだ。

……教室の天使たち、誰も反応する気配がないな。

……結構大きな声で喋《しゃべ》ってるんだけど。

これは侵入&探索ゲームだ。

天使たちに発見されないことが大前提だが、どうやら廊下での会話は教室内に届くことはないらしい。

「……こうなると扉も開けたくなってきたわね。授業が気になるわ」

「レーシェさん!?　さすがにバレますってば!?」

そんな二人の会話のなか——

フェイの隣で、ネルがビクッと肩を震わせた。

「まずい、フェイ殿！　天使が来るぞ！」

「え？」

「気配がする！」

廊下には誰もいないし、足音も聞こえない。

だがネルに言われるまま耳を澄ませば、わずかな羽ばたき音が——

「飛行か!?　レーシェ、パールもこっちだ！」

廊下の奥にある円柱の陰へ退避。

息を殺して身を潜めたフェイたちの眼前を、ゆっくりと、翼を羽ばたかせた天使が宙を渡って通り過ぎていく。

「……なるほどね。教室や授業風景は人間っぽくても、廊下は飛んで移動するんだな」

足音と比べてはるかに気配が小さい。

ネルが耳を澄ませていなければ、背後に近づかれるまでフェイも気づけなかっただろう。

ちなみに——

通り過ぎた見張り役の天使は、なぜかジャージ姿である。

「ねえフェイ、どうしてあの天使はジャージなの？」

「……授業をサボった生徒がいないか見て回る体育教師なんじゃないか？……いや、俺も自信はないんだけど。っていうか進むの遅いな」

体育教師（？）の天使が、飛んでいるにはあまりに遅い。

人間が歩く速度より鈍いうえに、廊下をちょっと進んだらすぐ引き返す挙動のせいで、待てども待てども遠ざからない。

「も、もう待てん！　いっそ走り抜けてしまうか！」

「ダメですよネルさん⁉　見つかっちゃいますってば⁉」

「だ、だがタイムリミットは三時間だぞ。ここで時間の浪費は——」

「誰だッ！」

体育教師の天使が振り向いた。

「サボり？……いや、真面目《まじめ》な天使が授業をサボるはずがない。さては人間か！」

「気づかれた!?」

「で、でもあたしたち、声は抑えていたのに……!?」

教室の天使たちは今も無反応である。

まさか——

「見回り天使だけは耳が良いんだ。逃げろ！」

廊下を全力で走りだす。

この先に分岐や階段があるのか、それとも行き止まりなのかも定かではないが、ここで捕まる理由はない。

「あの見張り天使は動きが鈍い。走って振り切るぞ！」

ピィィィィイッツッ、と。

ジャージ姿の天使が、首にかけた笛《ホイッスル》を吹いたのはその時だった。

「人間がいるぞ！」

ガタタッ！

フェイたちの背後で、教室の扉が一斉に開かれる。と思った瞬間、制服姿の天使たちが廊下に何十体と飛びだしてきた。

「人間だと!?」

「侵入者だな！」

「おのれ地上の人間め。ここ天空の聖域に侵入するとは」

「こっちよ捕まえて――――」

廊下を埋めつくす怒号と、羽ばたき音。

「多すぎだろおい⁉」

津波さながらの迫力で、天使の軍勢が押し寄せてくる。暴走する列車のごとき速度で、みるみる迫ってくるではないか。

「速すぎます⁉」

「笛《ホイッスル》を吹かれたらヤバいってことか。追いかけっこじゃ分が悪い……」

「フェイ殿！　階段だ！」

ネルが前方を指さした。

廊下の行き止まりに、三階へと続く螺旋《らせん》階段が。

「パール、あそこに転移だ！」

「お任せあれ！　気まぐれな旅人《ザ・ワンダリング》！」

黄金色に輝く転移門《ワープポータル》が出現。

そこに飛びこむレーシェ、ネル、フェイ。三人が螺旋階段へと転移。

もちろん最後を走っていたパールも――

「……パール？」

現れない。

黄金色の転移門《ワープポータル》から飛びだしてくるはずの少女が、いつまで待っても現れない。

かわりに、廊下の向こう側から「あひゃあああああああっっっ!?」と、何とも情けない断末魔の声がこだました。

「パール!?」

「……最後に捕まっちゃったみたいね」

螺旋階段の柱に身を隠す。

こちらにも天使の追っ手が来るかと覚悟したが、パールの悲鳴が聞こえた後の廊下は、嘘《うそ》のように静まり返っていた。

「……無事じゃないよなあ。普通に考えるなら」

「……どうなったのかしらね」

「……フェイ殿」

ネルが、怖《お》ず怖《お》ずと廊下の方を指さして。

「私たちを追ってきた天使たちの気配が消えた。どうやらパールが捕まって何かされて、それで去っていったらしい」

「例の『捕虜』だっけか？　あとは実際に何をされたか次第だな」

おそるおそる柱からそっと廊下側を窺《うかが》う。

天使たちの姿はない。

代わりにいたのは――

『むぐ――っ!? むぐぐ――――――っっ!』

パールが、廊下に転がっていた。

光るロープで全身を雁字搦《がんじがら》めに縛られたうえで、喋《しゃべ》られないようロープを噛《か》まされると
いう猿ぐつわ状態だ。

そんな身動き取れない状態で、必死に藻掻《もが》いていることだけはわかる。

「……パール、何やってんだ?」

「……なんだか芋虫みたいね」

「……元気そうで何よりだ」

『むぐ――っ!? むぐむぐむむむっ、むむむむむっ!』

何を言っているんだろう。

ただ幸い、拘束されているが危害を加えられたわけではないらしい。

「ハッキリしたな。天使に見つかった時に躊躇《ちゅうちょ》していたら全方位囲まれて全滅する。あの
笛《ホイッスル》を吹かれる前に逃げろってことだ」

『む――ぐ――ぐ――! むぐぐっ、むぐぐぐぐっ!』

パールがジタバタ。

全力で藻掻《もが》いてもロープはビクともせず、恐らくは神呪《アライズ》も封印されているのだろう。

「……本当に捕虜だな」

「予想を外してきたわね。わたしはもっと恐ろしいものを想像していたわ」

「うむ。私もパールはもうお終いかとばかり」

『むぐぐぐっぐうっっ⁉』

猿ぐつわ状態のパールが首を横に振る。

その激しい口ぶりからして、恐らくは「暢気《のんき》なこと言ってないで早く助けてください⁉」という意思表示なのだろう。

「よし待ってろパール。……ん？　あれ？」

光るロープに手をかける。

それを解《ほど》こうにも結び目が存在しない。巨大な輪ゴムで人体をぐるぐる巻きにすると、ちょうどこんな縛《いまし》めになるだろうか。

「パール、口のロープ噛《か》みきれないか？」

『……っ！』

「無理そうだな。ならレーシェ、頼めるか」

「もうやってるのよね」

パールのロープを引っ張るレーシェ。

力任せに千切ろうとするが、元竜神の力をもってしてもビクともしないらしい。

「じゃあゲームルールだな。ゲームで設定された救出方法があって、それしか助ける方法がない。しょうがない諦めるか」

「すまないパール、お前の犠牲を無駄にはしないぞ」

『むぐ――――――――――っっ⁉』

「冗談よパール」

レーシェが屈《かが》みこむ。

パールの胴体に手を回して、そのまま肩に担ぐようにひょいっと持ち上げた。

『むぐ？』

「担いで持ってくのはルールの範疇《はんちゆう》よね。ロープを切るギミックを探しましょ。フェイ、さっきの階段から三階に降りる？」

「……まだ。もうちょい四階《ここ》だ」

パールをレーシェに任せ、フェイは最初の廊下を再び歩きだした。

先ほど襲ってきた学生服の天使たちは、既に教室へ戻って授業中。廊下を歩く人間《じぶんたち》には見向きもしない。

……この四階がチュートリアルだ。

……三階に潜る前に、できるかぎりゲームのギミックに慣れておきたい。

全滅を恐れてはいけない。

全滅のリスタートは確かに時間ロスだが、最も大きな時間ロスは一階まで降りてからの全滅だ。

この四階ならばすぐにやり直しが利く。

今のうちにゲームの勘を養っておくべきだろう。

「お？　この先に分岐あり。右が『図書館』で、真ん中は『教室』、左が『牢獄《ろうごく》』か」

廊下の突き当たりに四階マップ。

先ほど出会《でくわ》したジャージ姿の見回り天使が進んでいった方向だ。その先が三叉路《さんさろ》になっている。

まっすぐ進めば普通の教室。

また右と左には、それぞれ特別な部屋がある。

「図書館と牢獄は調べておきたいな。どっちから先に行く？」

「むろん牢獄だ！」

ネルが即答するや、三叉路の左側を指さした。

「こうした探索では重要エリアから見ていくのが道理！　そしてこの学園マップを見た時、明らかに違和感のある部屋があった。それがこの『牢獄』だ！」

この部屋を見た時、誰もが疑問に思っただろう。

誰を入れるための牢獄だ？

……最初は、捕虜が連れて行かれる場所かと思っていた。

……だけどパールは放置されていた。プレイヤーを閉じこめる場所じゃない。

他には何が考えられる？

フェイが思いついたのは「素行の悪い不良学生（天使）を閉じこめて改心させる牢獄」

だが、それも完全には腑《ふ》に落ちない。

「望み薄だろうけど、パールの拘束を解く方法があるといいんだけどな」

三叉路を左へ。

廊下に天使の姿はない。

コツッ……コツッ、と自分《フェイ》たちの足音が微《かす》かに響くなか、たどり着いたのは鋼鉄の格子で閉ざされた暗い部屋だった。

格子の先は、数センチ先も見えない無明。

「……何がいるのだ」

牢獄に恐る恐る近づいていくネル。

何が封印されているかわからない。近づいた瞬間に格子が開いて、獰猛《どうもう》な獣が飛びだしてくる可能性もある。

『……誰だ』

厳かな男の声が、闇の向こうから生まれた。

『天使の羽ばたきが聞こえない。この靴音、まさかお前たちは人間か？』

「っ、しまった！」

ネルが表情を強《こわ》ばらせる。

ここ天使の学園で、自分たちが素直に人間だと答えるメリットがない。今から天使だと突っぱねるか？

フェイ、レーシェが顔を見合わせて――

『私は人間だ』

男の声が、先に伝わってきた。

『天使宮殿をさまよいし挑戦者たちよ。私は不屈の冒険者ギブアップン。かつてここ天使学園に侵入した者である』

「……何だって！」

自分たち以外にも侵入者の人間がいた。

もちろんゲーム中のＮＰＣだろうが、このギミックは予想外だ。

「……不屈の冒険者ギブアップンか」

『そうだ。ギブアップした私の叡智《えいち》を与えよう』

「諦めたの⁉」

「不屈の冒険者はどうした⁉」

『察するに、お前たちは天使学園の冒険に苦労しているな。見回り天使に見つかって笛《ホイッスル》を鳴らされ、多くの天使に追いかけられなかったか？』

ぎくっ。

まさに図星の指摘に、レーシェに担がれたパールがビクッと身じろぎ。

『ここは難攻不落の要塞だ。この四階など序の口に過ぎない。そして天使たちに捕まれば、脱出不可能の拘束に陥るだろう。天使たちのロープは天界の植物の繊維をより合わせたもの。人間の力で切断することは不可能だ』

「……へえ、やっぱりそうか」

レーシェの力で千切れないのは、予想どおりゲームルールでの制約だったのだ。

だが人間の力では切断不可能ならば――

「ロープを切る特殊な仕掛けがあるんだな？」

『そうだ。あいにく私は一人で捕まってしまったため、私を救出できる者などいなかったのだが』

「じゃあ俺たちなら、アンタを助けることができる？」

『無用だ』

自称「不屈」の冒険者が、闇の向こうでハッキリと叫んだ。

『あいにく私は、天使たちに支給される一日三回の食生活に満足している。このまま天使学園で暮らすことにした』

「牢獄《ろうごく》の生活に慣れきってる!?」

「人間の誇りは!?」

だがフェイとネルが叫んでも、闇の奥には届かない。

『お前たちに冒険を愛する心があるのなら、私の冒険記録を託そう。この天使学園のあらゆる場所に、私の攻略日誌を隠した。すべてを集めることで叡智《えいち》の書が完成する。全部で五つ。私を信じて「最果てに」たどり着いてほしい』

「攻略日誌っ！」

なかば諦観のつもりだった心境を、フェイたちは瞬時に引き締めた。

今この男は、確かに「最果て」と言った。

このゲーム中、ルール説明を除いて初めて『最果て』の存在が言及されたのだ。

「あるんだな！　この天使学園から『最果て』に行く方法が！」

『それは……』

「それは！」

『おやつの時間だ。さらばだお前たち、幸運を祈る』

「ってぉおおおいいいいっっ!?」

鋼鉄の格子が光に包まれていく。

格子の向こうで晴れやかな笑顔を浮かべた囚人が一瞬見えた気もしたが、フェイが手を伸ばした先で『牢獄』は陽炎《かげろう》のごとく消え去った。

残されたのは、牢獄のあった小さな広間だけ。

「大事なヒントは一回きり。これまた絶妙な難易度調整ねぇ」

思案顔のレーシェが天井を見上げる。

「でもゲームの攻略方針が決まったわ。この学園から『最果て』に行くには、さっきの冒険者が残した記録を集めろってことよ」

「五個って言ってたよな」

単純計算で、一フロアにつき約一個。

そしてレーシェの言うとおり、プレイヤー側の攻略方針は定まったと言えるだろう。

……天使学園を探索し、攻略日誌を集めていく。

……そのうえで大事なのが「どこに隠されてるか」って目星をつけることだ。

タイムリミットは三時間。

おそらく学園すべてを網羅的に探索することはできない。

それは同時に、攻略日誌を見逃す可能性も示唆している。

「攻略日誌、全部集めなきゃいけないのか？　たとえば四つでも推測できるとか。ええと、残り時間が二時間半だとして……」

「フェイ殿！　まずは動こう！」

そう叫ぶや、ネルが勢いよく踵《きびす》を返した。

「我々はあまりに未探索の場所が多い。まずは頭と足を同時に動かすべきだ。そして私は早くも、攻略日誌の隠し場所に目星がついた」

「お？　というと」

「先ほどの分岐に戻ろう。この四階で残すのは右の図書室のみ！」

確かに、図書館は有力な隠し場所だ。

冒険者ギブアップンの「叡智《えいち》の書」。図書室といういかにも知識系アイテムが眠っていそうな部屋とは名前からして親和性がある。

「行こう！　レーシェ殿は引き続きパールを頼む！」

肩で風を切るように走りだすネル。

すぐ後ろをフェイ、そしてパールを担いでレーシェが続く。三叉路《さんさろ》のうち図書室は右だ。中央の廊下の先には教室しかないから当然無視で——

「あなたたち！」

廊下に叫び声が轟《とどろ》いたのは、その時だった。

中央の廊下——

その先で教室の扉がガシャンと開くや、眼鏡《めがね》をかけた天使が顔を覗《のぞ》かせたのだ。

ジャケットを羽織った女教師。

右手には教鞭《きょうべん》を握りしめ、左手の教科書には「倫理」と書かれているのが見える。

「逃がしませんよ！」

女教師の天使が、眼鏡の奥でギラリと目を輝かせる。

まずい見つかった。

フェイたちが身構えるなか、その女教師がこちらに教鞭を突きつけて。

「この私、ヴィシャス先生の授業をサボろうとは何事ですか！」

「…………………はい？」

思っていた怒鳴られ方と違った。

てっきり「人間を見つけたわ！」と怒鳴られるかと思いきや。

「今日の倫理は『時間』についての講義です。あなたたちも、時間が大切なことくらいはわかるでしょう！」

「え？　そ、それはまあ……切実に……」

なにせ三時間のタイムリミットに追われている身だ。

というより、今まさに廊下でお説教を受けている時間も惜しいのだが……

「やはりわかっていないようですね」

ヴィシャス先生がふぅと溜息《ためいき》。

「時間は尊きものです。たとえば受験の開始時間を守ることや、仕事の〆切を守ること。子供なら家に帰ってくる時間を守ること。これも広く倫理の一つと言えるでしょう」

「……は、はぁ」

「世には不平等がある。個体差があり、環境差がある。しかし時間だけは誰しもが平等に過ぎていく。優秀な人間は時間の使い方が上手《うま》いのではなく、時間の使い方が上手い人間こそ優秀なのです。一日一日、いえ一時間一時間のうちで何ができるか。そう、この私、ヴィシャス先生の授業ではまさしく時間の有意義な過ごし方を学ぶことができるのです。時間を有効に使うことは、すなわち必要な時間を増やすことと同義。あなたたち、わかりますか?」

お説教が長い。

誰《じ》しもが焦れてきたタイミングで、フェイの耳元にネルがこそっと。

「フェイ殿、これは長くなる気がするぞ……。我々にはまさしく時間がない……つまり、こうやって時間を浪費させるギミックだったのだ」

「ああ。でも全滅して屋上階からやり直しになるよりは……」

「そこ！」

バシッ、と。

廊下の壁に教鞭《きょうべん》を叩《たた》きつけ、ヴィシャス先生が目を吊《つ》り上げた。

「このヴィシャス先生の授業をサボろうというだけでなく、魂をこめたお説教さえも長いと文句をつけるのですか！」

「だ、だが実際に長いものは長いのではないか……！」

「もう許しません！」

ヴィシャスの右手が輝いた。

と思いきや、その手に持っていた教鞭が、みるみる凶悪な戦斧《せんぷ》に姿を変えていく。

「倫理の通じない生徒には粛正です。ヴィシャス流奥義、『五百箇《いおつ》の風破《ふうは》』！」

轟《ごう》ッ！

廊下に嵐が渦巻くや、フェイたちの身体《からだ》を吹き上げた。

「これぞ倫理の力です」

「天使の力だろぉぉぉぉぉっぉぉぉぉっっっっ⁉」

そんなツッコミごと掻《か》き消す突風に、フェイたちは遥《はる》か上空へと吹き飛ばされた。

息さえ詰まる風に押されて意識を失って——

天使学園エンジェリン　屋上（リスポーン地点）

気づけば。

フェイたち四人は、真っ青な空を見上げて屋上に横たわっていた。

四階の窓を突き破って空に吹き飛ばされ、ここに戻された。

つまりは「やり直し《リスポーン》」である。

「……やっぱり全滅イベントだったか。パールの拘束も解けてるし」

「って、暢気《のんき》に空を見上げてる場合じゃないですよ!?」

猿ぐつわから解放されたパールが、自分を縛っていたロープを床にたたきつける。

時計塔にある残り時間は『2時間17分』。

まだ四階フロアさえ探索しきれていないのに、既に一時間近くを消耗しかけている。

「……ちょっと意外ね」

時計を見上げるレーシェが、思案顔。

「これが時間との戦いなのは目に見えていたけど、ヴィシャス先生みたいな時間を浪費させるギミックまであるなんて」

「あ、やっぱレーシェもそう思うよな」

天使学園エンジェリンはただでさえ広大だ。

三時間以内にゴールを目指す勝利条件が、そもそも制約が厳しすぎる。

「ただでさえ三時間以内がキツいってのに、あんなダメ押しみたいな罠《わな》を用意するか？」

「フェイさん、レーシェさん！」

屋上に空いている大穴の前で、パールが手招き。

「急ぎましょう、あと二時間と十五分しかありません！」

「フェイ殿！　現時点での情報は、『廊下で話したり走っても平気だが、見張りの体育教師は音に敏感である』こと。『体育教師に見つかったら笛《ホイッスル》を吹かれる前に全力で逃げること。これで相違ないか？」

「ああ、それでバッチリだ」

パールとネルに頷《うなず》き、フェイも走りだす。

ちなみに今の確認だが――

教室の前を走っただけで怒るヴィシャス先生は、例外的な存在と言えるだろう。

そして思い返せば、あの倫理教室、他の一般教室から離れた場所にある違和感は確かにあった。

……特別な位置にある教室は要注意だな。

……しかも三階より下は、明らかにそういう特別教室が増えていく。

とにかくも探索続行だ。

四階で残す未探索エリアは、あと一つ。

「『図書館』まで全力疾走だ。体育教師に気をつけながら走るぞ！」

声を張り上げ、フェイは屋上の大穴に飛びこんだ。

【天使学園エンジェリン　４階（教室・図書室・牢獄《ろうごく》）】

四階の廊下に着地。

フェイたち四人の着地音がこだまするなか、廊下はしんと静まり返っている。

「さっきと同じで授業中ね」

レーシェが指さす先には、「1－A」「1－B」といった教室の並び。

その中で天使たちが授業を受けている。

「……なるほど。全滅してリセットされたのか、校内は変わりなく静かなままだ」

廊下の奥を見据えるネル。

「四階のフロア構造も変わりないように見える。ならば廊下の奥に図書館と牢獄があると思っていいだろう」

「ならば急ぎましょう、目指すは図書室です！」

「パール！　そんな勢いよく走ったら、体育教師の天使に足音を聞かれるぞ！」

「ふふ、あたしとて無駄に捕まったわけではありませんよネルさん！」

勢いよく走るパールが、自信ありげに振り返って。

「あの体育教師の天使が廊下を巡回するルートを間近で見たのです。そのエリアに入った瞬間、全員で転移して体育教師を避けます！」

「なるほど！　考えたなパール！」

「ええ。お任せあ……」

自信満々にパールが頷《うなず》こうとした、まさにその瞬間。

「──見つけたぞッ！」

野太い天使の声が、廊下にこだました。

まさか⁉

振り返るフェイたちが見たものは、こちらを指さすジャージ姿の天使。止める間もなく、笛《ホイッスル》が「ピイイイイイッッッ」と吹き鳴らされる。

「はいいいいいっ⁉　ここはまだ現れないはずなのに⁉　なんでですか────っ⁉」

「体育教師の巡回ルートは毎回変わるんだ。逃げろぉぉぉっっっ！」

ガタタッ！

教室の扉が一斉に開かれる。制服姿の天使たちが矢のような勢いで飛びだすのと同時に、フェイたちは全力で逃げだした。

——二分後。

四階、廊下。

教室から離れた隅で、フェイたちは息を殺して耳を澄ませていた。

「……はぁ……はぁ。笛《ホイッスル》、も、もう聞こえてきませんよね……」

「……教室に引き返したっぽいな」

廊下は無人。

囲まれきる前に、今度こそパールの転移のおかげで間一髪逃げきれた。

「よし、行くか。図書室ももう目の前だしな」

ここは先ほどの三叉路《さんさろ》だ。

左が冒険者ギブアップンの牢獄《ろうごく》、真ん中がヴィシャス先生の倫理教室。そして右に進めば図書室である。

……俺たちが用があるのは図書室で、探すのはギブアップンの攻略情報だ。

……ただ、牢獄にもう一度寄っておくべきか？

「考えることは同じじっぽいわね」

フェイが一瞬立ち止まった姿に、レーシェが三叉路の左を指さした。

「わたし牢獄に行ってくるわ。フェイとパールとネルの三人で図書室をお願い」

「？　どういうことだレーシェ殿？」

「ネル、俺たちは図書室だ」

左に走りだすレーシェに背を向けて、フェイは右の分岐を歩きだした。

「ネルが聞きたいのは、『もう冒険者《ギブアップン》から話は聞いたのに、なんでまた牢獄に話を聞きに行くんだ？』ってことだろ」

「う、うむ。もう牢獄に行く必要はないのでは？」

「さっきの『やり直し《リスポーン》』だよ。この天使学園のどこかに、冒険者《ギブアップン》の攻略日誌が五つある。だけどその日誌が、そもそも冒険者《ギブアップン》の話を聞いてないと見つからないっていう入手条件で設定されていたら——」

「っ！　そうか！　我々はさっきの『やり直し《リスポーン》』で、冒険者《ギブアップン》・の・話・を・ま・だ・聞・い・て・い・な・い・という判定になっている可能性があると！」

そう。

残り二時間を切っているなか、図書室を調べても冒険者《ギブアップン》の攻略日誌が見つからなかった際の時間ロスは痛すぎる。

レーシェの別行動はそれを見越してだ。

「俺たちは図書室の探索だ。ここに叡智《えいち》の書の一つがあれば、残る四つの隠し場所も見当がつきやすいんだけど、さあどうかな……！」

図書室の扉を開ける。

見渡すかぎりの書棚、書棚、書棚。

ぶ厚い辞書や歴史書、推理小説らしい本がぎっしりと収められている光景は、まさしく学校の図書室である。

「これだけの本を手当たり次第探すんですか！　とんでもない数ですよ!?」

「……思った以上に大変だなぁ」

フェイも一冊試しに本を引き抜いてみる。

解読不能の言語で書かれた辞書らしき本だが、端から端までページをめくっても何一つアイテムや情報らしいものが出てこない。

何十万冊はあろう本から、重要な情報を収めた本を見つけだすのか？

「任せてくれ！」

図書館の奥から響く、ネルの声。

そこから数秒と経《た》たぬうちに、一冊の本を手にしたネルが駆け寄ってきた。

キラキラと真鍮《しんちゆう》色に輝く本を。

「一番奥が怪しいと探したら、この本だけが書棚で輝いていたのだ！」

「おおおおっ！　さすがですネルさん、開いて開いて！」

「うむっ！」

ネルがページをめくろうと表紙に触れる。その途端《とたん》、まるで意思があるようにページがぱらぱらと自動的に開いていくではないか。


【冒険記録】

捕虜とは、天使たちに拘束されること。

この拘束に使われたロープは天界の植物の繊維を撚《よ》り合わせたもので、人間の力で引きちぎることは不可能である。やり直し《リスポーン》で解放されるが、やり直し《リスポーン》ができない状況ならば知恵を絞ってロープを切るしかないだろう。

人間の力で切れないなら、何か鋭い物を利用するといい。

たとえばグレートゴッドクワガタなど。


「あたしが捕まったロープ、切れるんですね！」

「そのようだ。プレイヤーが自力で切ることはできないようだが……しかし、グレートゴッドクワガタ？」

本を手にしたネルが、ぽかんと首を傾《かし》げてみせる。

「随分とまた珍妙な名前だな。クワガタということは虫か？」

ぶぅぅん……と。

ネルの頭上で、羽音が響いた。何の変哲もない黒色のクワガタ虫が、どこからともなく飛んできていたのだ。

「む？　これがグレートゴッドクワガタか？　普通のクワガタに見えるが……」

手を伸ばすネル。

と同時に図書室の扉が開き、虫取り網を手にしたレーシェが。

「ネル、しゃがみなさい！」

「……何っ!?」

ネルが屈《かが》みこむ。

直後――チュン、とグレードゴッドクワガタのつぶらな目から放たれた熱線が、ネルの頭上をかすめて背後の書棚を真っ二つに斬り裂いた。

「うわぁぁぁぁぁぁぁぁぁあっっっっ!?」

尻餅をつくネル。

続けてグレートゴッドクワガタが、空中でフェイとパールの方に振り向いた。

「次はあたしたちですかぁぁぁぁぁあっっっ!?」

「ちょっと待て!?　クワガタのくせに目から光線出すな!?」

クワガタの目が光輝く。

その超高熱の光線がフェイとパールを真っ二つにする……刹那、背後から飛びかかったレーシェが、虫取り網を振り下ろした。

「捕まえたわ！」

「捕まえたじゃないですよっ⁉　何がどうなってるんですか！」

「わたしが牢獄に行ったのは無駄じゃなかったってことよ」

首から提げていた虫かごに、グレートゴッドクワガタを格納するレーシェ。

「冒険者ギブアップンの話は一度きりだったけど、彼がいた場所に虫取り網と虫かごを見つけたの。もしやと思って大急ぎで合流したってわけ」

「……た、助かったレーシェ殿」

ネルもよろよろと身を起こす。

「まさかのクワガタが目から光線とは……あまりに予想外すぎて、私も自分の神呪《アライズ》を使う余裕さえなかった」

「あたしもビックリです。いやはや、あれが天使の世界のクワガタ……あれ、フェイさんどうしたんです？」

パールがきょとんと瞬《まばた》き。

それもそのはず。真っ二つに切断された書棚や本が積み重なった山の上で、フェイは、ゴミを漁《あさ》るようにゴソゴソと木片や本をひっくり返していたからだ。

……俺の見間違いじゃなかったら。

……ネルが見つけた『記録の書』と似た光の本が、もう一冊！

グレートゴッドクワガタの光線が書棚を薙《な》ぎ払《はら》った瞬間、何かが光った。堆《うずたか》く積もった本と木片を、ゴミ箱をひっくり返すようにどかしていって――

そこに真珠色に輝く本が。

「これか！」

フェイの手が表紙に触れる。

光輝く本のページから、冒険者のメッセージが浮かび上がった。


【叡智《えいち》の書】

これは偉大なる不屈の冒険者ギブアップンが、後世に書き残す冒険記である。

私は数々の攻略日誌を綴《つづ》り、それをまとめた本書を叡智の書と名付けることにした。


「おおっ⁉ って、自分で偉大とか言っちゃってますよ、あの冒険者」

「……ギブアップして牢獄暮らしのくせに」

パールとネルがそう呟《つぶや》く間にも、叡智の書から光輝く文字が浮かび上がっていく。


〝最果てに至る道はある〟

たった一文。

ある意味わかりきっていた情報にも思えるが、「道」という単語から推測できる情報は多い。

……俺たちのゴールは場所不明の『最果て』だ。

「道はある」って表現は、無いわけじゃないから諦めずに探せよって感じだな。

そのままでは見つけにくい、という意味も暗に指しているだろう。

天使に隠されている可能性もある。

「すぐに思いつくのは、天使学園のどこかに『最果て』に繋《つな》がる隠し通路がある。それを見つけろってとこか」

「転送装置みたいな可能性もありそうね」

続けてレーシェ。

「天使の学園でしょ。どこかにワープ装置があって、それを見つけると『最果て』に転移できるとか。でもヒントがもうちょっと欲しいわね」

「まったくです！」

ここぞとばかりにパールが叫んだ。

え？　何が？

ポカンと瞬《まばた》きするフェイたちを後目に、パールが指さした相手は空中に浮かぶ叡智《えいち》の書である。

「仮にも叡智の書を名乗る書物が、こんな一行きりでいいのですか！　攻略日誌が五つもあるなら一つくらいオマケするべきです！」


〝探し続けろ。すべての常識を疑え。このゲームのすべてを使え〟


「ホントに教えてくれるんだ⁉」

まさかの続きである。

そしてこのヒントは、ある意味、ゲームを再認識させる情報だ。

「図書室にクワガタが飛んでて目から光線出す時点で、まあわかっていたつもりだけどな。……常識を疑えか」

フェイが見つめる先で――

図書室の床がギッ、と音を立てて開き、三階へ通じる階段が姿を現した。

これで四階は探索終了ということだ。

「次は三階か。どんなフロアになってるんだろうな」

レーシェ、パール、ネルに頷《うなず》いて、フェイは眼下に続く階段へ足を踏みだした。

【天使学園エンジェリン3階　体育館・プール・校庭・???】

タイムリミットまで一時間五十分。
攻略日誌は、あと四つ。

Player.4　天使遊戯

1

階段を降りた先は、砂の大地だった。

地平線が見えるほど広大――

あたかも砂漠のど真ん中に落とされたような感覚に陥るが、足下に感じる砂の感触は、徒競走ができるほど踏み固められた硬い砂地だ。

校庭である。

「……まさに学校の敷地って感じだなぁ」

そう。

天使学園エンジェリン三階は、フロアそのものが校庭だった。地平線まで目を凝らせば、鉄棒などの遊具や体育館らしき建物もおぼろげに見える。

……残る攻略日誌は三つ。

……単純計算で、このフロアにも一つは隠されているはず。

ではどこに隠されているかというと、最も怪しいのが「？？？」であるのは間違いない。

ただし――

「あれ？　向こうにある大穴、階段みたいに段々状になってますが……」

「階段ね」

三階に降りた目の前に、なんと二階への階段が用意されているではないか。

……先に二階を探したいならご自由に、ってわけだ。

……攻略の順番は問わないぞと。

もちろん自分たちは、この三階で冒険者《ギブアップン》の攻略日誌を探すつもりでいる。

ただし――

攻略日誌を見つけた後にどう動くかまでは、確かに検討の余地がある。

「さて相談タイムね」

校庭をぐるっと一瞥《いちべつ》したレーシェが、楽しそうに腕組み。

「わたしたちのひとまずの目的は、冒険者《ギブアップン》が隠した攻略日誌を見つけること。このフロアなら『？・？・？』になってる場所が怪しいわよね。じゃあそこで攻略日誌を見つけたら、もう他は無視して二階に降りるべき？」

「い、いいえです！」

パールが真っ先に手を挙げた。

「だって攻略日誌が三階にいくつあるかわかっていません。『？・？・？』に一つあっても、奥の体育館に二つ目が隠されている可能性がありますよね」

「私も同感だ」

同じく、ネルが首を横に振りながら。

「先ほどの四階が良い例だ。『？？？』の正体は牢獄で、実際に攻略日誌が隠されていたのは図書室だった。フロアのどこに重要な情報が眠っているかは行ってみないとわからない……が、いずれは急ぐ必要も出てくるだろう」

奥歯を噛《か》みしめるネル。

断定口調でありながら、その表情には隠しようもない焦《あせ》りが滲《にじ》み始めている。

時間が足りない。

この三階はもちろん、二階や一階にも重要な情報がちりばめられていることだろう。

……タイムリミットが残り二時間を切っている、

……俺たちは四階の探索に一時間を消費した。このペースじゃ間に合わない。

自分たちのペースが遅すぎるのか？

いや、確かに一度の全滅はあったが、それ以外は極めて順調に探索していたはずなのだ。

まさしく攻略の標準時間内のはず。

だとしたら——

そもそも攻略が間違っている可能性は？

可能性A——攻略日誌をすべて集める必要はない。
可能性B——攻略日誌はすべて必要だが、これさえ揃《そろ》えれば、四フロアすべてを隈《くま》なく探索する必要はない。

可能性Aはあり得る。

あと一つか二つのヒントで、『最果て』への到達方法が推測できるかもしれない。

可能性Bも同様だ。

攻略日誌のみ揃えれば、もう『最果て』への隠し通路なりワープスイッチを特定できる仕組みになっていることは十分ありえる。

……そうだとしたら攻略は逆だ。

……俺たちが探索すべきは三階じゃない。一階や二階になる。

ダンジョン攻略の基本だ。

深い層に行くほど良いアイテムと情報がある。三階という浅瀬より、二階一階に降りてこそ重要な攻略日誌が手に入る。

ただし——

攻略としては間違っていないが、本当にそれが神の望んだ遊戯《ゲーム》の姿か？

「………」

地平線が見えるほど広大な校庭を、見渡しつつ。

「なあレーシェ」

「なに？　面白そうなこと思いついた？」

「GM《ゲームマスター》の立場で想像してほしいんだけど。俺たちには三時間の探索時間がある。たとえば俺たちが一番下の一階から調べ始めて、偶然にも三十分かからず『最果て』への道を見つけたらどう思う？」

「凄《すご》いと思うわよ」

炎燈色《ヴァーミリオン》の髪を一房手にして、それをクルクルと指に巻くレーシェ。

「これだけ広い学園で、最速最短ルートで攻略したってことでしょ。たとえ勘であっても、運に恵まれたとしても、それは素直に人間の勝ちだと思うわ」

「天使たちも面白いと感じるかな？」

「い・い・え」

元神さまの少女がニヤリと笑った。

「GM《ゲームマスター》なら、三時間という制限時間をフルに使ってこの学園を遊び尽くして欲しいと思うわ。二時間五十九分、その五十一秒……五十二秒……っていう最後の最後にゴールできるかできないか。そういう勝負がしたいのよ」

「じゃあ決まりだ」

パンと手を打って、パールとネルに振り返る。

「方針はこのままだ。この三階も全エリアを見ていこう」

「う、うむ！　私もそれに異論はないが、フェイ殿、制限時間の問題はどうするのだ？」

「時間延長アイテムがある」

「何とっ⁉」

ネルが目を見開いた。

「それがあれば確かに心強いが、その根拠は……」

「根拠があるわけじゃない。ただ考えてくれ。このゲームは、もともと三時間じゃ絶対に攻略できないんだ」

校庭のど真ん中に立っている時計塔――

残り「1：47：32」。

今も刻一刻とカウントが進んでいる。

「俺たちは四階の探索に一時間を使った。一フロア一時間のペースだ。いま残り二時間で、残ってるのは三フロア。攻略日誌三つを見つけて『最果て』への到達方法を確定し、天使の妨害をかいくぐって隠し通路なりワープスイッチを見つけなきゃいけない」

「……う、うむ。時間がないな」

「それを考えると、俺はこのゲームの攻略方法が二つあると思っている」

攻略A——三時間での攻略は不可能だから、重要そうなエリアのみ調べ、『最果て』に繋《つな》がる攻略日誌が偶然見つかることを狙う。

攻略B——三時間での攻略は不可能だからこそ、三時間という制限時間を超過できるゲームギミックがあると推測して動く。

「これは俺の勘だけど、時間延長アイテムは攻略Aの調べ方だと見捨ててしまう『いかにも重要ではない場所』に隠されている。攻略Aのやり方で時間延長アイテムを発見できたらゲームとして簡単すぎるだろ？」

「な、なるほど合点がいった！　パールはどうだ」

「あたしもです！　攻略B、すなわちフロアを丁寧に調べていくんですね！」

パールも大きく首肯。

と思ったそばから、ここぞとばかりに地平線を指さして。

「だとしたらズバリ！　あたしはあそこが怪しいと思うのですが！」

何もない。

パールが指さしたのは、真っ平らな砂の地面が広がっているだけの場所である。学校の校庭といえば、

「ふふふ、わかりませんかフェイさん。よくご覧になってください。学校の校庭といえば、そう砂場です！」

言われて目を凝らしてみれば。

確かに、向こうの地面だけ砂場っぽく砂が盛り上がっている。

鉄棒などの遊具も無く目立たないから、パールが見つけなかったらフェイも見落としていたかもしれない。

「学校ですから、砂場でオママゴトは基本ですよね！」

「うむ、私も砂場でよく走り幅跳びの練習をしたものだ！　こんな感じで！」

ネルが校庭を駆けだした。

一気に数百メートルを走って、大きく跳躍。

砂塵《さじん》を巻き上げ、砂場に着地する。

「この砂の感触！　フェイ殿、砂場は人間の学校のものと同じようだ！」

「バケツとスコップもありました！　あー……ここでオママゴトしたくなってきましたね。砂でお団子作ってぇ、バケツでプリン作ってぇ」

「童心に返るのもいいけど、まずは情報収集だからな」

探すべきは、叡智《えいち》の書の続きだ。

……あの本が砂場に埋もれてるわけがない、と思わせて実は隠されていた。

……ってのを期待したんだけどな。

深読みしすぎたか？

そう思った矢先、ネルが砂の中から木板の破片を取りだした。

「フェイ殿、割れた看板のようだ。……ふむ、『愛犬チワワの遊び場』とあるな」

「これは何でしょう？」

パールが砂の入ったバケツをひっくり返すと、白くて細長い破片が転がり落ちた。

愛犬。そして白くて細長いもの。

「パールさ、それ犬のオヤツの骨じゃないか？」

「あ！　そうかもしれませんね。だとすると犬を手懐《てなず》けるイベントがあるのかも」

白い骨を手にしたパールが、あたりを窺《うかが》う。

もちろん周囲に子犬なんていれば、最初から自分たちも気づいていたはずだが。

「愛犬チワワですから、きっと可愛《かわい》い子犬が――」

「……いや待て。このパターンは」

ネルとパールの発見物に、フェイは内心で眉をひそめていた。

嫌・・・・・・な予感がする。

いかにも安心ですよと心の隙につけこんで、恐ろしいものが出てくるパターンを自分たちは今まで何度も見てきたではないか。

「油断禁物だ。いったいどんな凶暴な犬が来るかわからない。周囲を見張れ。地平線から砂煙が上がったら要注意だ！」

「で、でもフェイさん、どこを見ても砂煙なんかも上がってないですよ。あるとすればこの地鳴りだけで……地鳴り？」

さらさらと砂場の砂が崩れ始めた。

と思いきやフェイたちがひっくり返るほど地盤が大きく揺れ始めて、砂場が真っ二つに割れていく――

「地中よ！　砂場から離れなさい！」

レーシェの咆吼《ほうこう》。

それに応じるように砂場の砂が盛り上がり、漆黒の巨体をした犬が飛びだした。

三つの首を持つ巨大な犬。

その口からは、青白い炎の吐息が煌々《こうこう》とあふれ出している。

「ケルベロスだ!?」

「こんな神話級モンスターを砂場で放し飼いにしないでくださいいいいいっっ！」

「逃げろぉぉおおおおおっっ！　パール！」

ケルベロスの咆吼。

と同時に、パールの転移によってフェイたちは三十メートル先へと避難した。そこから一心不乱に全力疾走。

が——

地響きを従えて、凶暴な獣の息づかいがみるみる迫ってくる。

「速いぞコイツ⁉」

「パール、お気に入りの骨を盗《と》られて怒ってるんだ。そいつを手放せ！」

「そ、そうでした！」

パールが骨をポイッと投げ捨てる。

が、血走った目で怒り狂うケルベロスは、空中の骨など見向きもせず一直線に迫ってくるではないか。

「めちゃくちゃ怒ってますぅぅぅぅぅぅっっっ⁉」

追いつかれる。

戦って倒せる敵か？

否《いな》。イベントモンスターである以上、撃退には何かアイテムが必要なはず。まだ三階を捜索し始めてすぐの自分たち《フェイ》は何も発見できていない。

逃げるしかない、と思った直後——

背後に迫ってきた土煙が、ピタリと止《や》んだ。

「いやぁぁぁぁあっっっ…………………あ……あれ？」

ケルベルスがピタリと止まり、後ずさりを始めたのだ。

「……何だ？」

「見てくれフェイ殿。この校庭の地面だけわずかに色が違う？」

確かに、この足下の地面だけ土が新しい。

だが差違はそれだけだ。

地盤が脆《もろ》い印象はないし、その地面の上に立っていても何かが起きる気配もない。

そもそも自分たちが先ほど歩いて通過した場所である。何らかの特殊地形なら、先ほど通った時にイベントも起きていただろう。

『――――くぅん』

小さく一鳴きして去るケルベロス。

なおパールが捨てた骨を拾っていくのも忘れていないらしい。

「……あの、もしかしてですが」

パールが背後を指さした。

子供の頃にさんざん見慣れた体育館。

無我夢中で走っている間に、どうやら砂場からここまで走ってきたらしい。

「今のケルベロス、この体育館を怖がって逃げた可能性はいかがでしょう……この体育館、何か潜んでそうじゃないですか。ねえネルさん」

「お、おいパール！　縁起でもないことを言うな」

「だって絶対いますよ！　この扉を開けた途端《とたん》！」

固く閉ざされた体育館の扉。

手で引っ張れば開くだろうが、それをフェイが躊躇《ちゅうちょ》するにはワケがある。扉の内側から何一つ物音が聞こえてこないのだ。

体育館の中が静かすぎる。

……獣の唸《うな》り声《ごえ》とかが聞こえてきたら、恐ろしいけど対策は立てやすいんだよな。

……逆にこの静けさは、予想がつかない。

ここは人間の常識が通用しない。

体育館の中で、いったい何が起きているのか――

「わたしが開けようかしら」

レーシェが足を踏みだした。

「みんな下がってて。開けるわよ！」

扉に力をこめる。

ギィッ……と錆《さ》びついた音を響かせ、体育館の扉が横開きにスライドしていく。ごくりと息を呑《の》んでその先を見つめる。

「っ」

何かが飛びだしてくる気配はない。

おそるおそる中を覗《のぞ》くフェイたちが見たものは、真っ青にキラキラと光る水面だった。

百メートル以上奥まで広がる真っ青な湖面。

ゆらゆらと、微《かす》かなさざ波が波紋を描いているのもわかる。

「……池？」

「い、いや違うぞパール！　これはプールだ！」

水面にぷかぷかと浮かぶビート板に浮き輪。

さらによく見れば、プールの底に五メートル刻みで白線が引いてある。誰がどう見ても完璧な学校用プールである。

ただし――

水中には、人間を一呑《の》みできそうな巨大な魚影が何匹《いくつ》も。ちなみにプール前には立て札に「メダカ」と書いてある。

「……メダカにしてはでかいよなぁ」

「……ちょっと成長しすぎですよねぇ」

絶対入りたくない。

唯一の救いは、水が透きとおっているおかげでプールの底が見通せることだ。そしてフエイが見るかぎり、めぼしい物はない。

……叡智《えいち》の書が沈んでたりする様子もない。

……あのでかい魚が呑みこんでる可能性もあるけど、だとしたらヒントがあったはず。

今はわからない。

このプールにも意味がある？

時間があれば調べたいが、ヴィシャス先生の倫理教室のような時間消費ギミックがある以上、「怪しませて時間を浪費させる」だけのプールである可能性も捨てきれない。

ゆえに後回し。

「よし、まずは三階の他エリアを見ていくか」

「よかったわねパール。まだ水着に着替えなくていいみたいよ」

「あたしが泳ぐの前提で話が進められてませんか!?……ま、まあプールに飛びこむ必要がなくて安心しました」

プールの奥――

体育館の裏口が自動的に開いていくのは、「ここを通れ」という事だろう。

……そういえば校庭側からだと表側しか見えなかったな。

……体育館の後ろには何があるんだ？

ここ三階には大きな特徴がある。

それは「教室」がないこと。

三階はフロア面積こそ広大だが、それ以外の構成要素は「体育館」、「プール」、「校庭」そして「？？？」しかない。

体育館、プール、校庭はこの目で確かめた。

残すは——

「お？ あの安そうな金網の建物は何かしら？」

裏口を最初に出たレーシェが、興味津々《しんしん》に奥の建物を指さした。

大人が二人入れるかどうかの小さな建物。

正面は金網になっており、その横壁もプレハブのように薄い粗末な造りだ。中は暗くて覗《のぞ》けないが、そこから牧草のような植物の匂いが……

「ウサギ小屋では⁉」

パールが恐る恐る近づいていく。

「フェイさん、こんなのマップ説明にありませんでしたよね！ だとしたら『？？？』の正体はこのウサギ小屋だったんですよ！」

「……だとしたら、叡智《えいち》の書が置いてあるかもな」

三階ではまだ見つかっていない。

この『？？？』と銘打たれたウサギ小屋がもっとも怪しい……が、だからこそ用心しなくてはなるまい。

この小さな小屋に、いったいどんな恐ろしい仕掛けがあるか。

「うむ、私が行こう！」

口元を引きしめ、ネルが金網の扉に手をかけた。

鍵はかかっていない。

子供が軽く押すだけで開くであろう、薄っぺらい粗末な扉だ。

「気をつけてくださいネルさん！　絶対、ただのウサギ小屋じゃないですよ」

「無論だ。このゲームの雰囲気は理解した。なにせ凶暴なケルベロスが『チワワ』で、正体不明の大魚が『メダカ』だからな」

ウサギ小屋のウサギが、ただの可愛《かわい》い小動物であるはずがない。

小屋の大きさからして大型獣は入っていないだろうが、小動物さえも危険だというのはグレートゴッドクワガタで経験済みである。

……そう考えるとよく出来た構成だな。

……四階でクワガタと戦ってることで、小動物でも油断するなって教訓が身につくし。

この三階で教訓を生かせ。

そういうゲーム攻略なのだ……と思いきや。

「おおっ!?」

ウサギ小屋の扉を開けたネルが、中を覗《のぞ》きこむなり大声を発した。叡智《えいち》の書を見つけた歓喜ではない、驚愕《きょうがく》の声で。

「み、みんな……入ってきてくれ！」

みんな入る？

大人二人がギリギリ入れる程度の、このちっぽけな小屋に？

「何を言ってるんですかネルさん。こんな狭い小屋………ってわぁぁぁぁあっっ⁉」

ネルに続いて、パールが吸いこまれるように小屋内へ。

半信半疑でフェイも続いて——

「……え？」

超広大なウサギ小屋が、目の前に広がっていた。

高さ十メートルはあろう高さの天井。

まっすぐ二百メートル走ができるほどの広さで、足下には、いかにもウサギ小屋らしい牧草がぶ厚く敷きつめられている。

「あ、あれ？　あたしたち、外で見たときには小さなウサギ小屋だったのに」

「小屋の中が亜空間だった。あるいは小屋の扉を越えた瞬間に転移させせられたのかしら」

しゃがんで牧草を摘《つま》むレーシェ。

「少なくとも三つの事実がわかったわ。まず一つ目、わたしたちが探してる『最果て』への道もこうなってる可能性がある。隠し通路に見えないスキマ、たとえば教室のロッカーの一つが隠し通路かもしれないのよね」

「そ、それを見つけるの無茶《むちゃ》すぎですよ!?」

「自力発見はまず無理ね。だからこそ攻略日誌を探せっていう流れも納得できるわ」

レーシェが立ち上がる。

摘んだ牧草をパラパラと床に撒《ま》きながら。

「二つ目。その叡智の書だけど、この牧草の下に埋もれてそうじゃない？」

「ならば、お手の物だ！」

ここぞとばかりにネルが足を振り上げた。

サッカーボールを蹴るような勢いで、足下の牧草を蹴り上げる。ブワっ、と強烈な野の芳香を散らし、大量の牧草が宙へ舞う。

「おお！　その勢いですよネルさん！」

「いいぞネル。でも気をつけろよ。この小屋に何がいるかまだわかっちゃいないんだ」

叡智の書探しはネルに任せる。

一方でフェイたちは周囲の見張り。

……レーシェの言う「三つの事実がわかった」の三番目だ。

……これだけ大きな小屋になると、相当にドハデな巨大生物も格納できる。

ウサギ小屋に出る大型獣？

哺乳類繋《つな》がりでトラやライオン、この大きさの空間ならゾウもありえる。

さらにゲーム仕様上、そうした大型獣が、人間の歯が立たないモンスターになっている可能性が高い。

「ネルさん急いで！　変なモンスターが現れないうちに！」

「無論！　だがこの広さ、牧草をひっくり返すにしてもあまりに量が……むっ！」

ガツッ、と硬い音。

大量の牧草が宙に舞うなか、真珠色に輝く紙切れが宙に飛び上がった。

フェイたちの頭上で、本のページが自動的にめくられ、そこから光輝く文字が浮かび上がる。

「これだ！」


【叡智《えいち》の書】

これは偉大なる不屈の冒険者ギブアップンが、後世に書き残す冒険記である。

この書を見つけた諸君は、実に運が良い。

私の攻略日誌を有効活用してくれることを願う。

「それはいいから！　早くメッセージをください、あたしたちは早くこのウサギ小屋から逃げたいんですってば！」

パールの絶叫を知ってか知らずか。

光輝く文字が勢いよく浮かび上がり、新たな二行を書き綴《つづ》っていく。

〝もっとも大切なこと、それは——〟

〝天使たちを欺《あざむ》く攻略法が、不完全なかたちで残っている〟

「おおっ!?」

ウサギ小屋に、プレイヤー四人の驚愕《きょうがく》がこだました。

これで二つ目。

四階で手に入れた物と合わせると、こうなる。

最果てに至る道はある。

探し続けろ。すべての常識を疑え。このゲームのすべてを使え。

もっとも大切なこと、それは——

天使たちを欺く攻略法が、不完全なかたちで残っている。

天使を欺《あざむ》く攻略法。

つまり天使が意図した秘密の通路があるわけではない。『最果て』にたどり着くには、人間《プレイヤー》が攻略法を作らねばならないという意味だ。

……気になるのは「不完全」だな。

冒険者ギブアップンが完成させられなかった攻略法を、完成させろ？

だとしたら厄介だ。

具体的な攻略に結びつくものがまだない。残る攻略日誌にそれが書かれている可能性が高い以上、やはり攻略日誌はできるかぎり揃《そろ》えなければ。

「フェイ殿、どうやら小屋《ここ》での課題《ミッション》は終わったようだ」

光輝く文字が、ぱらぱらと下降して叡智《えいち》の書に収まっていく。その書を手にしたネルが、金網の扉を指さした。

「脱出だ！　さあ先頭を走れパール！　モンスターが出ないうちに逃げるぞ。最後尾は私が引き受ける！」

「感謝ですネルさん！　ではお先に！」

「うむ。しかし油断して扉を開けた途端《とたん》、ウサギ小屋の前で凶悪モンスターが口を開けている可能性もある。気をつけろ」

「先頭を譲ってもらっても全然嬉《うれ》しくないですが⁉……っきゃっ⁉」

轟《ごう》ッ、と。

地面がひっくり返るような地響きとともに、牧草が宙に浮かびあがった。

空に浮かぶ天使学園に地震などありえない。

そして、このウサギ小屋という場所を踏まえれば……

「やっぱり出てくるか、モンスター！」

走りながら振り返ったフェイが見た物は、牧草の下で何かが蠢《うごめ》いている光景だ。

来る。

だがいったい何が現れる？

「……ウサギ小屋、さては哺乳類繋《つな》がりでトラかライオンか？」

「い、いやフェイ殿。これがウサギ小屋ではなくニワトリ小屋だったとしたら！」

最後尾を走るネルが、ハッと目を見開いた。

「鳥類だ！　この小屋で飼われていることも踏まえれば、ダチョウ（最大の鳥）かヒクイドリ（最も危険な鳥）と私は予想する。奴《やつ》らは走るのが得意だし、人間を追ってくるにはうってつけだ！」

ゴゴゴゴッッ、と轟《とどろ》くウサギ小屋。

脱出の扉めがけて走るフェイたちの後方で、一際大きく牧草が吹き飛ぶ。その下から、真っ赤な鱗《うろこ》を持つ肉食獣が飛びだした。

ビルのように巨大な獣。

二足歩行で、竜のごとく雄々しい顎を広げたその獣は――

『キシャァァァァァァァッッ！』

「恐竜《レックス》じゃないですか⁉ ネルさんのバカバカバカ！ なにがダチョウですか！」

『キシャアアアアアッッッ！』

「私に言うなぁぁぁぁぁっっっ⁉」

「なんでウサギ小屋で飼ってるのが恐竜《レックス》なんだよ！ この牧草は⁉」

「天使のセンスは理解できないわ！」

地鳴りを上げて襲いかかってくる肉食獣から、全力逃亡。

だが荒野の支配者たる恐竜《レックス》は時速七十キロ超。みるみる巨大な足音が迫り、その口からボトボトと垂れた涎《よだれ》がフェイたちの頭上にふりかかる。

「嫌すぎるっ⁉」

「うあああんっ！ 髪の毛がベトベトですよぉぉぉぉっっ！」

小屋の扉から、ロケットのごとき勢いで脱出。

砂煙をあげて校庭に着地。

「閉めろネル！」

「任せろフェイ殿！」

ネルが扉を閉めた途端《とたん》、しんと静まるウサギ小屋。

ちなみに外から見渡した小屋は、相変わらず大人二人がギリギリ入れるかどうかの小さなサイズである。

「……はぁはぁ……な、なんて見た目詐欺な小屋でしょう！」

「人間の常識じゃ予測不能だな。……この先、こういうのがもっと増えるから覚悟しろってことかもな」

これで三階は探索終了。残すは二階と一階。

タイムリミットまでの残り時間は？

時計塔を振り返って――

「残り一時間半！　これは順調ですよ、巻き返したんですあたしたち！」

校庭に寝そべっていたパールが、跳ね起きた。

目をキラキラと輝かせながら。

「もともと制限時間は三時間でした。四階から一階までの四フロアのうち、半分の四階と三階の探索が終わって一時間半。まさに理想的な標準ペースではないですか！」

巻き返したのだ。

四階の探索終了時点で、一時間を費やした。

だが三階の探索が三十分で済んだことで、結果的に二フロアの合計探索時間が一時間半に短縮できた。

……この三階は広いけど、その広さのほとんどが校庭だ。

……四階みたいに調査エリアが多かったわけじゃない分、短縮できたのか。

思いがけぬ好転だ。

隣で時計を見つめるレーシェに、フェイも頷《うなず》いてみせる。

「二階と一階の探索は一時間で終わらせよう。攻略日誌を集めて、残り三十分でヒントを解いて『最果て』を目指す」

「……となれば、これ以上のやり直し《リスポーン》は避けなければ」

神妙な顔で頷くネル。

「合点だフェイ殿！　ケルベロスや恐竜《レックス》のような凶悪モンスターはとにかく逃げるのが攻略方法だと判明した。無闇に戦うのではなく、『隠れ』て『侵入する』がこのゲームの本質。敵と遭遇したら逃げることを優先だな！」

二階への階段は、三階を降りてきた階段のすぐ目の前だ。

土でできた坂道を駆け下りて――


【天使学園エンジェリン2階　教室・更衣室・音楽室・職員室・???】

自分《フェイ》たちは、再び校舎内に戻ってきた。

「……校舎の中に校庭があって、校庭の一フロア下にまた教室があるのって不思議だよな。しかも教室が多いし」

階段を降りて先には、廊下。

その廊下の左側にはズラリと並ぶ教室群。

これが「2－A」「2－B」といった具合に、百メートル以上も先まで並んでいるのだ。いったい何十教室あるだろう。

「相当に広いなこれ……」

「そのぶん道案内は用意されてるみたいよ」

レーシェが指さしたのは、廊下の壁に貼り付けられたフロアマップだ。

廊下をまっすぐ進んだ先に「音楽室」。

廊下をまっすぐ進んで左に曲がれば「職員室」で、右に曲がれば「？・？・？」。

そして現在地を後ろに進めば「更衣室」がある。

……見たい部屋が四つ。

……俺たち四人で手分けして一度に探索する、ってのも可能だけど。

それは最終手段だ。

チームをばらけさせる効率化は、裏返せば戦力の分散だ。天使に見つかって捕虜になるリスクが高くなる。

「ねえフェイ。どこから見ていく？」

「全部見るにしても重要そうな場所からだよな。ただこのゲーム、重要そうってのが人間基準で全然あてにならないけど」

フロアマップを凝視。

もっとも目立つのは当然に「？？？」だが、もう一つ気になるとしたら――

「職員室はどうかな？」

フェイが指さしたのは、この廊下のまっすぐ奥だ。

「この天使学園で、もっとも危険な場所が職員室な気がする。体育教師や倫理のヴィシャス先生。ああいう教師が集まっているなら――」

「入った瞬間に捕まりますよ⁉」

「だからこそだよ」

悲鳴を上げるパールに、頷《うなず》いてみせる。

「探索が難しいからこそ、天使学園の重大な情報が保管されている可能性がある。冒険者ギブアップンの攻略日誌もな。もし全滅してやり直しになったとしても、今ならまだギリギリ巻き返せる」

「……悩ましいが、私も、危険から逃げるのではなく向かうべきだと思う！」

「そ、そういうことでしたら……行きましょう！」

二階の廊下をまっすぐ進む。

教室では天使の生徒たちが授業中である。四階と同じく、人間が廊下を通っていても、そしてあれだけ声を出しても誰一人こちらを見向きもしない。

……ヴィシャス先生の倫理教室みたいな「近づいただけで怒られる」ギミックは無しか。

……これだけ教室が並んでるなら一つか二つあると思ったけど。

四階と同じギミックは無い。

裏を返せば、この二階にもまったく別の極悪ギミックが仕組まれているはず。

「フェイさん、職員室がありました！」

「気をつけろパール。俺たちが近づいた瞬間、職員室の扉が開いて教師が出てくるかも」

「は、はい……！」

フェイたちは廊下の曲がり角で待機。

たった一人、パールが職員室に抜き足差し足で近づいていく。

なぜパール一人かというと、職員室で教師に見つかった時、そこから最速の転移でここまで撤退してくるためだ。

「……静かね。全然、扉の向こうから物音がしないわ」

レーシェがぽつりと独り言。

教師が集まっているなら、職員室から話し声が聞こえてもおかしくないのに。

「開けますよ！」

職員室の扉に手をかけたパールが、体重をかけてゆっくりと扉を引いていく。

飛びだしてくるのは教師か？　モンスターか？

全員が息を呑《の》み、何が起きても即座に逃げ出せるよう集中して――

何も起きなかった。

なぜなら職員室は無人だったから。

「……はい？」

パールがきょとんと瞬《まばた》き。

教師たちの執務机が並んでいて、そこに教科書の山が載っている。

まさに職員室らしい様子だが、フェイたちが警戒視していた教師がいないのはなんとも想定外だ。

「……ど、どういうことです!?」

「最大級の警戒をさせておいて、あえて何もなしか。この緩急は上手《うま》いなぁ……」

ならば探索開始。

無人エリアゆえ、何もないかと思いきや――

「見つけたわ！　攻略日誌よ！」

レーシェが指さす執務机。その上に、光輝く紙の切れ端が――


【叡智《えいち》の書】

賢明なるプレイヤー諸君は、この職員室こそ最も危険な場所だと思うだろう。

だが意外なことに、この職員室は天使学園で最も安全な場所なのだ。

天使は狭い場所を嫌う。

教師たちも、こんな狭い職員室に留《とど》まらず、好き好きに空を飛び回っているからだ。

この学園でもっとも警戒すべきは教師ではない。

むしろ、学園の各エリアで目を光らせる特別な天使とモンスターである。

奴《やつ》らは人間の力では倒せない。出会ったら逃げるか、それとも利用するか――


「そ、それも大切ですが、まずは攻略日誌をください！」

空中の紙切れを指さすパール。

「『天使さえ知らない攻略法が、不完全なかたちで残っている』という、あの続きが気になって仕方ないのです！」


〝……と思っていた私は、気づいたのだ〟

〝天使宮殿のあのフロアで〟

「なんて気になる終わり方ですか⁉」

「あのフロアってどこだよ！　せめてそこまで書くべきだろ⁉」

光輝く紙の切れ端が、ゆっくりと下降して叡智《えいち》の書に収まっていく。

情報としては正直もう一行ほど欲しかったところだが、いま集めたヒントを合体した結果がこうだ。

神の領域への抜け道がある。

探し続けろ。すべての常識を疑え。このゲームのすべてを使え。

もっとも大切なこと、それは——

天使さえ知らない攻略法が、不完全なかたちで残っている。

……と思っていた私は、気づいたのだ。

天使宮殿のあのフロアで。

残るヒントはあと二つ。

今まで具体性に欠けていた攻略日誌だが、この文脈からして、次こそ攻略の核心に迫るものが出るはず。

「急ごう！　さすがに次が気になりすぎる！」

「ええネルさん！　だとしたら『？？？』ですよ。おあつらえ向きに、ここを分岐まで戻った反対側です！」

この二叉《ふたまた》の通路を左に進めば、パールの言うように『？？？』だ。

フェイの目からも、この流れならば攻略日誌が二階にもう一つある可能性がある。

……職員室の近くに『？？？』が配置されているのにも意図を感じる。

……攻略日誌の置き場として最有力候補だ。

もちろん、だからこそ危険だとも予想できる。

職員室がほぼ無条件で攻略できたことを踏まえても、そのぶん『？？？』の難易度が高くなっていると覚悟した方がいいだろう。

「ネルさん！　気をつけて！」

「皆まで言うなパール。この『？？？』、どんな強敵が待ち受けているかわからん！　さあ着いたぞ…………む？」

全力疾走のネルが、急停止。

その教室名が書かれたプレートをしばし眺めて。

「……『調理室』だと？　どんな奇抜な部屋になっているかと思えば……」

誰しも家庭科の授業で使ったことがあるだろう。

だが、これがまさか『???』だとは予想外だ。

「っ！　そうか、調理されるのは我々という落ちか⁉　パールがモンスターの餌に！」

「なんであたしですか⁉」

「…冗談はさておき、調理室か」

ネルがごくりと息を呑《の》む。

調理室の扉を穴が開くほど見つめつつ――

「フェイ殿、私がすぐに思いついたのは、扉を開けたら包丁が飛んでくる。またはキッチンコンロから炎が噴き出て大火事になるという程度だが……」

「ああ。あとは蛇口から大量の水が出てきて流されるとかだよな」

自分《フェイ》が思いつくのもその程度だ。

……だけど当たってる気がしないんだよな。

……天使の考える「調理室」が、どんな凶悪構造になっているやら。

調理室という概念さえ疑わしい。

意を決して扉に触れるのがネル。それをフェイ、レーシェ、パールが見守る。

「開けるぞ！」

ネルが、調理室の扉を開ける。

その中を一目見た瞬間、フェイたちは目を奪われていた。

「なんと⁉」

「なんて綺麗《きれい》なキッチンだ……！」

大理石模様の豪奢《ごうしゃ》なキッチン。

美しく磨かれた食器、そして包丁とまな板が整然と並べられている。包丁は曇り一つなく研がれており、まな板もよく乾燥されている。

美しい。

一流レストランの厨房《ちゅうぼう》と見まがうほど、秩序ある厳かな調理室だ。

「……まさか天使が、こんなにも美しい調理室を持っているとは」

「ええ。料理好きのあたしから見ても、このキッチンには一切の不満が見当たりません。まさに完璧！　いったいどんな天使がこの調理室をデザインしたのか……」

パールが試しに包丁を手に取る。

その瞬間――

フェイたちの頭上に、光が差した。

『ほお、この調理室の良さがわかるとはお目が高い』

天井に光の輪が生まれた。

見入るフェイたちの前で、翼の生えた人型モンスターが降臨した。

『私は天使ピザリスデット・プリンケットヒューメリケルブリリアント3世。この学園でもっとも愛情豊かで慈悲深く、迷える者の救済に定評があります』

「──ピザプリン!?」

調理室に、フェイたち四人の悲鳴がこだました。

忘れようにも忘れられない。あの冥界神《アヌビス》の迷宮ルシェイメアで、三度も全滅させられた因縁の相手である。

「バカな!?」

「な、なんでお前がここに……!?」

『ほっほっほ。何処《どこ》かでお目にかかりましたかな。ピザプリン、ふむ、不思議と懐かしい愛称ではありませんか』

天使ピザプリンが穏やかに笑う。

一方のフェイたちは、既に内心ドキドキだ。

なぜならこの天使ピザプリン、今でこそ穏やかな笑顔だが、不浄なる者を見つけた瞬間に態度が激変するという特徴を持っている。

『私は天使です。迷える者に救いの手を差し伸べる役は、どんなゲームでも私ほどの適任はいないでしょう』

嘘《うそ》つけ。

しかし突っ込む間も惜しみ、四人は同時に動きだしていた。

誰もが理解していたのだ。この天使を前にして暢気《のんき》に構えていればやられる。

「全員、急げ！」

「手洗いうがいだ！」

「水飛沫《みずしぶき》にも注意よ！　使った後に流し台が汚れていたらやられるわ！」

清潔第一。

調理室といえば、校内で最も清潔が求められる場所である。天使ピザプリンの出現場所として確かにこれ以上ないだろう。

『……ほほう！』

ピザプリンから漏れる感嘆の声。

清潔好きの天使が見守るなか、フェイたちは手洗いうがいを入念に終えた姿で整列した。

いつでも調理可能である。

『すばらしい。あなた方は調理室の何たるかをわかっている』

ピザプリンからも惜しみない拍手。

『身も心も清らかなあなたたちを歓迎し、私の秘伝レシピ「爆発ホットパイ」を伝授しましょう』

「爆発ホットパイ!?　どういうものですか……！」

『ほっほっほ。それは作ってみてのお楽しみですぞ。では一緒に作っ――』

天使が杖《つえ》を振り上げた。

が。

『…………………』

おかしい。

今の今まで笑顔だった天使が、杖を振り上げた姿勢でピタリと動きを止めたのだ。そればかりではなく、形相が次第に険しくなっていく。

既視感。

「まさか……」

自分たちは、このパターンを嫌というほど知っている。

「待て天使ピザプリン！　お前が清潔好きなのは知っているが、このとおり私たちは清らかだ。見てのとおり手も石鹸《せっけん》で洗ったしうがいもした！」

『……獣臭い』

「え？」

『確かに手は綺麗《きれい》です。ですが、あなたたちの頭にこびりついている獣臭さ！　さては、あなた方、三階のウサギ小屋で恐竜《レックス》に追いかけられましたね。その時に、恐竜《レックス》の口からダラダラと垂れた涎《よだれ》を頭から浴びたでしょう！』

「そっちかぁぁぁぁぁぁぁぁっ⁉」

やられた。

ウサギ小屋の恐竜《レックス》は、このための仕掛けだったのだ。

恐竜《レックス》から無事に逃れたとしても、あの逃走劇で恐竜《レックス》の涎を浴びていれば天使ピザプリンに粛正される。

『そんな汚い姿で、この調理室を荒らされるわけにはいきません。身を清めて出直してきなさい！』

天使ピザプリンの杖が発光。

直視もかなわぬほどの圧倒的な光の渦が押し寄せて。

天使の『浄化の光《ピュリファアイ》』

恐竜《レックス》の涎に穢《けが》されし者たちは消滅した。

視界が暗転。

そして再開始《リスポーン》。

気づいた時には、フェイたち四人は屋上に立っていた。

「……懐かしいなぁ、この感覚」

「……そういえばこんな感じだったわねぇ」

「……不覚だ。三つ目の攻略日誌が速やかに見つかった分、順調だと油断していた」

「反省会してる場合じゃないですよ!?」

パールが指さす先には、壁掛け時計。

残り一時間二分。

迷宮ルシェイメアとは違い、このゲームには全滅に明確なデメリットが存在する。

十分間のタイムリミット圧縮。

残り一時間十二分だったものが、もう一時間二分。

この屋上から四階と三階を通り、また二階に戻るにも時間を消耗する。

……いや、それでも不幸中の幸いだ。

……俺たちは天使ピザプリンの一番厄介なギミックを知っている。


〝この腐った臭い……さてはあなた方、前世でゾンビパフーの胃液に触れましたね！〟

再開始《リスポーン》の経験知を引き継ぐモンスター。

恐竜《レックス》に追いかけられた記録は、恐らく再開始《リスポーン》でも初期化されない。ならば迷宮ルシェイメアでいかに天使ピザプリンを攻略したかというと——

「手分けしよう」

「二手、いえ三手に分かれるかしら」

フェイとレーシェの提案は、まさしく連続だった。

「この全滅の時間ロスはさすがに痛いわ。できれば残り十分で二階をすべて探索したいのに、残ってるのが『？？？（調理室）』、『音楽室』それに『更衣室』と三箇所もあるの。残り時間を考えれば、手分けが必要よ」

誰がどこに向かうのか。

チームを三つにわける決断は、戦力の分散も意味する。

「もちろん誰がどこを見に行くかは慎重に決めるけど、わたし、更衣室に何があるかは予想がついてるのよね」

「あっ！」

パールが呆気《あっけ》に取られた声を上げた。

「水着ですね！」

「正解。あのピザプリンが迷宮ルシェイメアと同じ奴《やつ》なら、もうわたしたちは対処方法を見つけているわ」

三階にあった巨大プールだ。

さっきは通り過ぎただけだったが、今ならば「恐竜《レックス》の涎《よだれ》を洗い落とす」ギミックだと理解できる。
①：二階の更衣室で水着を手に入れる。
②：三階に戻り、水着着用でプールで身体《からだ》を清める。
③：二階の調理室でピザプリンに再挑戦。（爆発ホットパイが手に入る？）
こういうフロア移動ギミックだ。

廊下と階段を行き来する長距離移動を踏まえると、足が速い人物は——

「更衣室で水着を手に入れるのはネル。どうかしら？」

「任されよう！　ではレーシェ殿は？」

「わたしとパールで、まず水着なしであのプールに飛びこんでみるわ」

「……へ？」

レーシェに肩をポンと叩《たた》かれ、パールが瞬《まばた》き。

「ど、どういう事ですかレーシェさん」

「着衣水泳よ。水着無しでプールに入っても大丈夫ならソッチが手っ取り早いじゃない。水着無しだと沈んじゃう特殊プールかもしれないけど」

「溺れたくないですよ⁉」

「それを試すのよ。そもそも更衣室に水着があると決まったわけじゃないし」

「……あ。確かに」

そうなのだ。

迷宮ルシェイメアと同じように水着があるはず——その予想で動くのは良いが、水着があると確信してはいけない。

このゲームは、常に人間《プレイヤー》の思考を裏切ってくる。

更衣室に水着があるとは限らない。そうなればレーシェの言うように水着なしでプールに入るという選択肢が出てくる。

「二階のプールには巨大メダカがいたわよね。わたしがメダカの注意を引き寄せつつ、パールが穢《けが》れを落とす役でどうかしら？」

「わ、わかりました！……じゃあフェイさんは？」

「俺は『音楽室』だ」

残った部屋を担当する。

もっとも内心の懸念は、自分《フェイ》は音楽センスが皆無なことである。

……楽譜はかろうじて読めるけど。

……その場で歌えとか作曲しろみたいなゲームは、まさか出ないよな……？

恐らく出ない。

人間と天使の音楽センスが違い過ぎるという推測があるからだ。

「じゃ、まずは全員で三階までだな」

「大急ぎで行くわよ！」

屋上の大穴から四階へ。

その勢いで廊下を走って図書室へ。そこにある隠し階段を降りきれば、そこはもう広大

な校庭だ。

――三階へ到着。

ここから三グループに分かれての行動だ。

「行くわよパール！　ケルベロスが徘徊《はいかい》してるから、出会ったら――」

「即転移ですね！」

レーシェとパールが砂の大地を駆けていく。

その二人を見送り、フェイはネルと互いに頷《うなず》きあった。自分たちは二階だ。

「行くぞフェイ殿！」

階段を駆け下りて、再び天使学園エンジェリンの校舎内へ。

――二階到達。

それぞれ目指すは「更衣室」と「音楽室」。

「ネル、更衣室に水着があったらすぐに三階に向かってくれ。それ以外のものが手に入ったら一度俺と合流しよう！」

「承知した。それでは！」

互いに、廊下の反対側を目指して走りだす。

生徒役の天使たちが授業中の教室をいくつも横切る。廊下の角に身を潜め、ジャージ姿の体育教師をやり過ごし――

音楽室。

プレートにそう描かれた教室にフェイはたどり着いた。

ちなみに廊下の壁には音楽家らしき肖像画が飾られているが、もちろん全員天使である。

「……中は、と」

まずは廊下から、扉のガラス越しに中を覗《のぞ》きこむ。

三十人ほどの天使生徒。

それぞれがトランペットやバイオリン、ホルンなど数々の楽器を奏でている。

「演奏中か？」

観察するかぎり、天使たちは演奏に集中しきっている。

扉を開けても気づくまい。

……裏を返せば、天使に気づかれる条件が別にある。

……たとえば音楽以外の余計な足音を立てるとか。あとは呼吸音もダメとかか？

息を止めて足音を殺して入ればいい。

そう予測した上で、ぶ厚い扉に手をかける。音楽室内の音が漏れないための防音扉なのだろう。十センチ以上あろう鋼鉄製の扉をゆっくりと開き――

轟《ごう》ッッッ！

「……ぐっ⁉」

開いた瞬間、音楽室から雪崩《なだ》れ込《こ》んできた音の津波に吞《の》まれ、フェイは紙切れのごとく廊下の壁まで吹き飛ばされた。

「単なる大音量ギミックかよ⁉　危うく即死判定されかけたぞ⁉」

天使たちの大演奏会。

なるほど。

天使たちが本気でトランペットを吹くと、その大音量で人間は命が危ないらしい。

自分《フェイ》の神呪《アライズ》「神の寵愛を授かりし《メイユアゴッド》」が発動していなければ、壁に叩《たた》きつけられた時点で即死判定だ。

「ぐっ……っていうか何てバカ音量だ……！」

両耳を押さえて鼓膜を守る。

歯を食いしばり、天使たちが演奏する後ろを一歩一歩進んでいった先、フェイが教壇で見たものは大量の楽譜。

光輝く紙切れが、栞《しおり》のように挟まれているではないか。

「っ！　あった！」

攻略日誌だ。

楽譜の山から光輝く紙を引き抜き、急いで音楽室から脱出。

防音扉に肩から突撃して扉を閉める。

「……ふぅ。まだ耳鳴りがする」

息を吐きだし、フェイは握りしめた紙切れをふっと手放した。

冒険者ギブアップンの攻略日誌、その四枚目が廊下の天井すれすれまで浮かび上がり、文字を生みだしていく。

……「私は気づいた」「天使学園の奥深く」。

……この四枚目がアレの続きで、具体的な場所が記されているはずなんだ。

宙を見つめる。

光輝く文字が連なり、意味を持つ文章を構築し——

あらゆる抜け道が、天使の兵団に見つかり潰されてしまっていた。
お終いである。

…………

………………………え？

我が目を疑った。

何かの見間違いか？

ゲームの表示バグを本気で疑った。それほどまでに、攻略日誌がもたらす情報は予想を裏切るものだった。

お終いである。

これでは攻略情報どころか、攻略不可能という絶望のメッセージではないか。

……どういうことだ？　俺たちが求めてきたのは攻略のヒントなのに。

……攻略日誌はあと一つ。その一つで、ここから文脈がひっくり返る気がしないぞ。

とさっ。

何かが床に落ちる音。

フェイが振り向いた後ろで、息を切らせたネルが呆然《ぼうぜん》としたまなざしで、宙の攻略日誌を見上げていた。

「……っ、フェイ殿、この攻略日誌はいったい……」

「俺にもわからない」

大きな深呼吸とともに、フェイは心の内を吐きだした。

「この日誌が俺たちに伝えたいことは何なんだ？　素直に読めば『攻略不可能だ。諦めろ』になりかねない」

攻略日誌を過信しすぎた？

だが学園に『牢獄』という特別エリアを配置し、学園内のあらゆる場所に隠されている五つのヒントが、こんな徒労に終わるギミックとは考えにくい。

……そもそも攻略ヒント無しで『最果て』に辿《たど》り着《つ》くのが不可能だ。

……たったの三時間しかないんだぞ？

攻略ヒントありきでこのゲームは成立する。

「ネル、この攻略日誌はひとまず脇に置いておこう。最後のドンデン返しに期待するさ。それよりここに来たってことは――」

「っ！　ああ、そうだった」

ネルがはっと表情を引き締める。

彼女の足下に落ちている衣服は、想定された水着ではない。紺色の生地でできた男物の制服が一着きり。

「もしや学ラン……か？」

「そ、そうだ！　更衣室にロッカーが二十ほど置かれていて、そのすべてを開けて確かめた。この服しか入ってなかったのだ！」

「なるほどね。変装用って感じだな」

生徒に変装できる。

たとえば廊下で体育教師に見つかってもバレないアイテムだろう。

発見されないことは天使学園で大きな利点になる。ただし自分《フェイ》の疑問は、果たしてすべての天使に有効なのかという点だ。

「万能の変装アイテムではないとして、使うとしたら――」

「フェイさん！　ネルさん！」

背後からの呼び声。

振り返れば、美味《おい》しそうなパイを手にしたパールとレーシェ。

「水着なしでいけました！　プールに入って恐竜《レックス》の涎《よだれ》を洗い流して、天使ピザプリンに『とても清潔ですね』って褒めてもらいました！」

「調理室で爆発ホットパイを作ったわ。あたしとパールで一個ずつ」

「……お。そっちは順調だったんだ」

きつね色に焼けたパイ。

レーシェから受け取った途端《とたん》、香ばしいパイの匂いが鼻をくすぐる。この見た目といい香りといい、いかにも美味しそうなパイだが――

「爆発ホットパイって名前だし、相当ヤバいものが入ってるんだろ？」

「ううん。爆発させる攻撃アイテムかと思ったら、天使に投げつける目眩《めくら》ましですって。パイが破けると中から小麦粉がぶわって出て視界を覆い尽くすわ」

「……煙幕の方か」

天使やモンスターからの逃走用だろう。

殺傷力はゼロ。となると、この天使学園内で、プレイヤーはいまだに天使やモンスターに対して対抗手段がない。

「それよりフェイ？　さっきの『そっちは順調』っていうのは？　何かあったの？」

「見てもらった方が早いな。これだよ」

叡智《えいち》の書を開く。

ページが自動的にめくれていき、そこから浮かび上がる文字が四人の頭上へ――


神の領域への抜け道がある。

探し続けろ。すべての常識を疑え。このゲームのすべてを使え。

もっとも大切なこと、それは――

天使さえ知らない攻略法が、不完全なかたちで残っている。

……と思っていた私は、気づいたのだ。

天使宮殿のあのフロアで。

あらゆる抜け道が、天使の兵団に見つかり潰されてしまっていた。

お終いである。

「……はい？」

パールが、真顔で瞬《まばた》き。

それから目をゴシゴシと擦《こす》って、宙に浮かんだ文字群をじーっと見つめて。

「…………ええとこれは……」

「面白い事になったわねぇ。攻略日誌のはずが、風向きが変わってきたわ」

レーシェが腕組み。

「とにかく最後の攻略日誌を見つけてみないとわからないわね。残り時間も少ないし急ぎましょう。たぶん一階かしら？」

「そ、そうだ報告をすっかり忘れていた！　みんなついてきてくれ！」

ネルが廊下の奥を指さすや、返事も待たずに走りだす。

「階段は、私が見てきた更衣室の中にある。ロッカーを開けると一階への隠し階段があったのだ。案内する！」

遂《つい》に最下層へ。

最後の攻略日誌が一階に隠されているのは疑いない。ただし、そこに何が記されているのかまったく想像つかなくなった。

お終いという伝言通りの絶望か、それとも逆転の光があるのか。

——更衣室へ。

先頭を走っていたネルがロッカーの扉を開ける。内部の床はすっぽりと穴が開いており、下へと続く階段が延びている。

「フェイ殿、構わないな！」

「ああ、残った探索場所はここだけだ」

天使学園エンジェリンの最下層へ。

フェイは、先頭のネルに続いて階段を駆け下りた。


【天使学園エンジェリン1階　校長室・生徒会室・???】


天使学園の最下層。

ゲームフィールドの最奥とも言うべきこのフロアは、上下左右すべてが光に満ちていた。

大理石にも似た真珠色の壁が、淡い光を放っている。

「フェイさん、あそこに時計が！」

「……残り四十五分か」

ギリギリの残り時間だ。

二階の探索で四十五分を消費した。では最後の一回も四十五分を費やせるように思えるが、できれば三十分で探索を済ませたい。

……残る一つ攻略日誌で、『最果て』への行き方がわかったとしてもだ。

……素直に行かせてはくれないよな。

誰に守られている？

行く手を阻む天使との最終決戦で、最低十五分を見積もらねば。

「天使はたくさん見てきたけど、天軍の長フレイヤがまだ登場していない」

「っ！」

パール、ネルがはっと振り返る。

「間違いなくあいつがラスボスのはずなんだ。俺たちが最果てに向かうのを力ずくで止めてくる。だとすれば——」

「校長ね」

レーシェが壁を指さした。

一階のフロアマップ。

記されているのは「校長室」、「生徒会室」、「？・？・？」。その中でも、レーシェが指したものは「校長室」である。

「学園のすべてを知り尽くした校長なら、『最果て』に続く経路も当然知っているはずよ。ってことは校長がラスボス＝《イコール》フレイヤっていう天使でしょうね」

「……す、すごく強そうでしたよね。威厳ありましたし」

パールがこくんと首肯。

「でもですよ？　校長先生がラスボスで立ちはだかった時、あたしたち対抗手段が無いのでは……」

「そこだよな。俺も、爆発ホットパイがボス討伐アイテムかと予想してたんだけど」

爆発ホットパイは逃走用。

では、どうやって最後のボスに立ち向かうのか。

「いや……この見るからに荘厳な廊下の雰囲気、明らかに他フロアとは違う」

輝く廊下を見つめるネル。

続けて、壁に貼ってあるフロアマップを指さして。

「これほど特別なフロアにこそ、攻撃用アイテムがあってもおかしくない。攻略日誌も残り一つ。『生徒会室』と『?・?・?』にそれぞれが隠されており、すべてを集めて校長に挑むという流れはどうだ、パール！」

「すごくアリだと思います！　ちなみに『生徒会室』と『?・?・?』は、どちらを先に？」

「……ふむ。私としてはどちらでもいいが」

ネルが再びフロアマップを凝視。

廊下はすさまじく長い一直線だ。縮尺からして三百メートルはあろう長さで、それを歩ききった一番奥に『？・？・？』と『校長室』がある。

ちなみに『生徒会室』だけは、現在地のすぐ後ろ。

フェイたちが振り向いた目の前の部屋に、「生徒会室」と可愛《かわい》らしい手描きの文字プレートがついている。

「目の前にある生徒会室からでどうだろう、フェイ殿？」

「ああ、こんな近くにあるしな」

「では開けるぞ！」

気合いの入った声を響かせて、ネルが生徒会室の扉を横にスライドさせた。

広さは、普通の教室ほど。

教室の中央には勉強机が円を描くように並べられており、奥には豪華な事務机。その机に両肘を置き、こちらを睨《にら》みつける天使は──

「来たか。けしからん侵入者よ」

純白の四枚翼を広げた天使の少女。

体操着の上から黒い学ランを引っかけ、頭に鉢巻き、さらには「二代目　生徒会長」と筆で書かれたタスキを肩から掛けている。

「フレイヤッ!?」

「そんなバカな！　あなたは校長先生じゃないんですか！」

「……否《いな》！」

ギラギラと燃えさかる闘志とともに、天使フレイヤが猛々《たけだけ》しく咆吼《ほうこう》を上げた。

「吾《ワエ》は、天使学園の生徒会長フレイヤである！」

「生徒会長なの⁉」

「え？　え？　で、でも天使の軍勢を束ねるあなたが生徒会長なら、校長先生は誰だって言うんですか！」

「──既に知っているはずだ。しかしその問いに答えるつもりはない。なぜならば！」

生徒会長フレイヤが立ち上がった。

手にした指揮棒《タクト》を突きつけて。

「学園に土足で侵入した不届き者たちは、ここで裁かれる運命だからだ。いくぞ！」

バチッ！

指揮棒《タクト》の先端に、稲光が迸《ほとばし》る。

「裁きを受けよ。『天軍の剣』！」

「ま、まずいです！　『気まぐれな旅人《ザ・ワンダリング》』！」

フレイヤの指揮棒《タクト》から巨大な閃光《せんこう》が放たれる。

光の剣のかたちをした閃光に貫かれる──その寸前に、パールが召喚した黄金色の転移門《ワープポータル》へとフェイたちは飛びこんでいた。

轟音《ごうおん》。

意識が遠のくほどの神々しい光と爆発音が満ちるなか、フェイたちは生徒会室の中から廊下まで転移していた。

「な、なんという破壊力……」

転移門《ワープポータル》から飛びだしたパールが、おそるおそる振り返る。

天軍の剣——

鋭い剣のかたちをした閃光が生徒会室の扉を貫き、その奥にある廊下の壁まで丸く刳《く》り貫《ぬ》いて消滅させていたのだ。

大穴の空いた校舎の外壁。その奥には蒼穹《そうきゅう》の空が覗《のぞ》いている。

「けしからん」

カラカラ……と。

瓦礫《がれき》を蹴飛ばし、立ちこめる粉塵《ふんじん》の中から四枚翼の天使が現れた。

「お前たちのせいで生徒会室が消し飛んだではないか」

「あなたのせいでしょうが!?」

「こんな清々《すがすが》しい冤罪《えんざい》も珍しいな!?」

「——覚悟せよ」

再び指揮棒《タクト》に光が灯《とも》る。

「吾《ワエ》は生徒会長フレイヤ。この天使学園における最強最大の存在であり、一度見つけた敵は天の果てまでも追いつめる正義の――」

「話が長いのよ！」

爆発音。

レーシェが投げつけた熱々のパイが床に激突。と当時に、破けたパイ生地から真っ白い粉が吹きだした。

「……何っ⁉」

「逃げるわよ！」

誰一人として異論無く、フェイたちは一斉に駆けだした。

肌で感じる。

この生徒会長は強すぎる。

ゲームにおける特殊イベントモンスターであり、いまは倒す手段がない。まずは逃走で距離を稼ぎ、行動パターンを観察せねば。

が――

「この一階の構造、そういうことか！」

一階フロアは長い廊下がまっすぐ延びているだけで、そこに分岐も何もない。

身を隠す場所がないのだ。

……身を隠せるとすれば校長室と『？？？』。

……いや、だめだ。二つの部屋がどちらも廊下のはるか奥なんだぞ。

三百メートルの長距離走。

走りきる前に煙幕が晴れ、生徒会長《フレイヤ》に見つかってしまう。ならば——

「二階だ！」

煙幕を切り裂く声を上げ、フェイは天井に伸びた階段を指さした。

もともと違和感はあったのだ。

階段から一階に降りてきた目の前に「生徒会室」がある。この配置が何かを意味しているのでは？　と。

……最速で二階へ戻るためだ。

……生徒会長《フレイヤ》から逃げるには、一階に留《とど》まってちゃいけない！

階段を駆け上がる。

隠し階段のあったロッカーから飛びだし、四人全員が二階の更衣室へ雪崩《なだ》れこんだ。

「……はぁ……はぁ…………」

「……階段が近くにあったのは……このためだったんですね……」

額の汗をぬぐうパールが、ふぅと大きく深呼吸。

「ま、まさか……校長先生をどうにかするゲームかと思いきや、生徒会長の目を避けつつ、残る『校長室』と『???』を探索しろだなんて……！」

「うむ。だが生徒会長が最強の天使だとすると、そのぶん校長先生が気になるな」

ネルも弾みをつけて立ち上がる。

「パール、爆発ホットパイはあと一つあるな?」

「は、はい！　レーシェさんが投げてくれた分は消えたけど、あと一つはあたしが温存してます！」

「再挑戦だ。一階に降りてすぐ遭遇する可能性もあるが、そのパイを使えば——」


「……愚かな」


地から轟《とどろ》くような声。

四人が振り向いた先は、一階から戻ってきた隠し階段のあるロッカーだ。そのロッカーの扉のスキマから、みるみる神々しい光が溢《あふ》れてくる。

まさか！

「見つけたぞ侵入者ども」

ロッカーの扉を吹き飛ばし、生徒会長フレイヤが更衣室に顕現した。

一階から二階へ上がってきた。

「嘘ですうぅぅぅぅぅぅっ！？」

「ちょっと待て！　そこは一階に留《とど》まるべきじゃないのか⁉　生徒会室とか！」

さすがに想定外が過ぎる。

ジャージ姿の体育教師も、恐竜もケルベロスも、フロアを移動して追跡してくる敵は今まで一体としていなかったのに。

「……言っただろう。天の果てまでも追いつめてやると」

当然とばかりに答える生徒会長。

今までの敵とは明らかに違う。この最強の天使は、フロアどころか学園のどこに逃げても永遠に追いかけてくる。

「裁きの雷《いかづち》を受けるがいい！」

生徒会長が指揮棒《フレイヤタクト》を構え、その先端に稲妻の光が灯《とも》る。

ここは狭い更衣室。

逃走も回避もできず、パールの転移も再発動までにまだ時間が要る。

「パール、爆発ホットパ――――」

「天軍の剣！」

フェイの声を、天使の少女の宣言が掻《か》き消《け》した。

放たれる巨大な閃光《せんこう》。

「嘘《うそ》ですぅううううっっ⁉」

更衣室を呑《の》みこむ光の奔流が、すべてを滅ぼす剣となって更衣室を吹き飛ばした。

天使学園エンジェリン　屋上（リスポーン地点）

気づけば――

フェイたち四人は、真っ青な空を見上げて屋上に横たわっていた。

「……全滅だなぁ」

「……色々と想定外の起きた一階だったわねぇ」

「時間がないですってばぁぁぁぁぁっっっっっっっっっっ⁉」

「やばいぞ、時間は……あと10分だと⁉」

起き上がるフェイとレーシェ。

その隣で、パールとネルも弾みをつけて飛び起きた。

「パール、お前の爆発ホットパイは！」

「い、一個だけ残ってますが……」

残り9分52秒。

その状況を察し、ネルの表情がみるみる青ざめていく。

「屋上《ここ》から最短最速で移動しても一階まで三分はかかる。残り六分。あの生徒会長の目を潜《くぐ》り抜《ぬ》け、強行突破で校長室と『？？？』を探索するしかないな。そして最果てを見つけて脱出する」

「……爆発ホットパイが一つで大丈夫でしょうか。せめてあと一つ……」

「だ、だが調理室に立ち寄る時間は……」

「も、もちろんです！　でも備えが不十分のまま一階に行って捕まったらお終いですよ！　全滅ペナルティでタイムリミットが十分早まるわけですから、残り9分はゲームオーバー圏内です！」

急がないとゲームオーバー。

だが無理して急いでも、全滅すればペナルティの10分短縮で即ゲームオーバー。

「……フェイ殿！　最速で一階に向かうのか」

「……フェイさん！　二階で爆発ホットパイを作るべきでしょうか」

息を呑《の》んでこちらを見つめるネルとパール。

こうしている間も、タイムリミットは9分12秒、11秒……と確実に迫りつつある。

しばしの沈黙を隔て、フェイが出した結論は――

「・・・四階だ」

「え？」

「走りながら説明する。まずは急ぐぞ！」

返事を待たず、フェイは屋上の大穴を指さした。

大穴を飛び降りて四階へ。

着地した先はもう校舎だ。そして一秒も惜しい。ジャージ姿の体育教師がいないことを一瞥《いちべつ》で確認し、フェイは廊下を駆けだした。

目指すはあの場所。

……もう時間がない。

……だからこそ、あの教室だけが異質すぎるんだ。

三叉路《さんさろ》へ。

左に曲がれば冒険者ギブアップンの牢屋《ろうや》。右に曲がれば図書室だ。

「フェイさん⁉　ま、待って待って待ってください！」

息を切らせながらパールが追いついてくる。

「四階って、図書室から三階に降りるってことですよね！」

「いいや」

「……はいっ⁉」

「俺たちはこの四階に用がある」

「な、何言ってるんです⁉　だってもう時間がないんですよ！」

「時間がないのがヒントだったんだ」

「ふぁいっ⁉」

ただひたすら廊下を駆ける。

三叉路《さんさろ》でフェイが選んだ教室は、牢屋《ろうや》ではなく、図書室でもない。

中央の――

「ヴィ・シ・ャ・ス先生っ！」

教室の扉をノックし、フェイは廊下に声を響かせた。

「俺たち先生の授業を受けに来ました！」

「――ほう？」

教室の扉がガシャンと開く。

ジャケットを羽織った女教師の天使。右手には教鞭《きょうべん》を握りしめ、左手の教科書には「倫理」と書かれている。

倫理のヴィシャス先生だ。

「あなたたち四名、私の授業を受けたいと？」

「フェイ殿⁉　い、いったい何を――」

しっ、静かに。

ネルが割って入ろうとするのを制して、女教師の天使に振り返る。

「はい。先生の授業は『時間』についてでしたよね」

「その通り」

ヴィシャス先生が、眼鏡《めがね》の奥でキラリと目を光らせた。

「私の授業では、日常で日々向き合いつつ、けれど意識する機会の少ない倫理という科目を、身近なものを題材にしてわかりやすくお伝えします。本日のテーマは時間。あなたたちは時間の有意義な過ごし方を学ぶことができる。そして時間を有効に使うということは、必要な時間を増やすことができるとも言えますね」

「〰〰〰〰〰〰〰〰〰〰〰〰〰〰っっっ⁉」

パール、ネルの口から漏れる、声にならない声。

繋《つな》がった。

この広大な天使学園エンジェリンの探索で、三時間はあまりに少なすぎる。それ自体がヒントだったのだ。

「あなたたちには時間が必要なのですね？」

「そうです。だからヴィシャス先生に教えてもらいたくて訪ねてきました」

「良き心がけです」

女教師の天使が満足げに頷《うなず》いた。

スーツの胸元に手を入れつつ——

「この一刻一秒を争うなか、あなたたちは自らの時間を差しだして私の授業を学びに来た。

ならば私も、あなたたちに賢い時間の使い方を教えましょう。あなたたちが、より多くの時を生きることができるように」

天使の翼を模した懐中時計。

それが、ヴィシャス先生からフェイへと手渡された。

ヴィシャス先生の『倫理時計』(入手一度のみ)
残り時間が二倍になる。(残り8分24秒 → 残り16分48秒)

「時間延長アイテムですか⁉」

「ああ。この学園のどこかにあるとは思ってた」

ゲームが始まった瞬間から、自分《フェイ》は、ずっと探し続けていたのだ。

どこにある?

廊下を見張っている体育教師が持っていないか?

三階の校庭にいるケルベロス、ウサギ小屋にいた恐竜《レックス》を倒せばもらえる?

二階で見落としたギミックはないか?

一階の生徒会室に置いてあった時計は怪しくないか?

全フロアに渡って探索を続けたが、唯一ヴィシャス先生だけが「時間」というキーワードを口にしていた。

……あとは発想の逆転だ。

……天使に見つかっちゃいけないゲームで、あえて自分たちから授業を受けに行く覚悟。

そのためのヒントもあった。

ヴィシャス先生に見つかった時の反応だ。


〝この私、ヴィシャス先生の授業をサボろうとは何事ですか！〟


体育教師が「人間を見つけたぞ」、生徒会長が「侵入者が」という理由で追いかけてきたことを思いだせば、違いは歴然だ。

倫理のヴィシャス先生は、侵入者という理由では怒っていない。

「確信はなかったけどな。どのみち8分じゃクリアできない。もうコレに望みを託すしかなかった」

「さ、さすがだフェイ殿！　これで一階にリベンジだな！」

残り16分。

時間が延長されたからとて、自分たちはまだ一階の全容を見ていない。

「最速で一階ね！」

先頭を走りだすのはレーシェ。

図書室へ入り、最奥の階段から三階の校庭フロアへ。

さらに目の前にある階段を降りれば、すぐに天使学園の二階である。

「っ！　体育教師だ！」

「転移で飛び越えます！」

体育教師の目をかいくぐりつつ廊下を進み、更衣室の隠し階段へ。それを下った先に、淡い光を放つ廊下が見えてきた。


【天使学園エンジェリン１階　校長室・生徒会室・？？？】


再び最深フロアへ。

真後ろにある生徒会室には触れられない。あの扉を開けた瞬間、生徒会長フレイヤに襲われて全滅だ。

「フェイさん、木《こ》っ端微塵《ぱみじん》に砕けたはずの生徒会室が綺麗《きれい》に戻ってます！」

「絶対開けるなよパール、俺たちの探索はこっちだ」

廊下の反対側。

三百メートルもの直線をまっすぐ走った先にあるのが『校長室』そして『？？？』だ。

どちらから開けるか——

「『?・?・?・』から行くぞ!」

「異議なしです!」

見張りの体育教師はいない。

大理石調の廊下に足音を響かせ、迷わず最奥まで走り抜ける。

目の前には巨大な両開きの扉『校長室』。そしてもう一つの部屋は、校長室のすぐ隣にあった。

「……エ・ン・ジ・ン・ル・ー・ム?」

扉にあるプレートを一目見るなり、ネルが訝《いぶか》しげに目を細めた。

「エンジンルームとは何だ。それに何だこの警告文は……」

金属製の扉に、「開けるな危険」と書かれたシールが何枚も貼り付けてある。この部屋への立ち入りを禁止しているのは確かだろう。

「どう考えてもヤバいやつですぅううううっっ!?」

「……エンジンルーム。つまり何かを動かす動力機関か。ここまであからさまに警告があると、さすがに嫌な予感しかしないな」

ネルがしきりに辺りを窺《うかが》うのは、壁に時計があるかの確認だろう。

体感、残り14分。

この一階が最重要フロアであるのは疑いない。生徒会長フレイヤのように、プレイヤーを容易に全滅させるギミックがあっても不思議ではない。

……全滅すると10分の圧縮ペナルティー。

……そうなれば残り4分で屋上からの再出発。一階に降りるだけで時間が尽きる。

この『エンジンルーム』に全滅ギミックが仕組まれていたらゲームオーバー。

とも思えるが――

「開けるわよー」

「っ⁉ ま、待て待て待てレーシェ殿⁉ この扉をそんな簡単に開けたら……」

「たぶん何も無いわよ」

ドアノブに手をかけているレーシェは、のほほんとした口ぶりだ。

「これ、普通に考えたら人間あてのメッセージじゃないでしょ。天使の学園なんだから、天使に対する注意書きでしょ」

「あ……そういえば」

「この扉の向こうにあるのは、『天使にとっては開けられたら都合が悪い』もの。逆に、人間からすれば攻略の糸口になるに決まってるわ。というわけで！」

レーシェが扉を押す。

金属が擦《こす》れる音を立てて扉が開いていくにつれ、部屋の内側からゴゴゴッ……と猛烈な駆動音が伝わってくる。

そして赤い光。

目を灼《や》くほど強い光は、部屋に浮遊する正八面体の石が発するものだった。


浮遊する紅水晶《ローズクオーツ》。


フェイたちが見上げる前で――

あたかもモーターのごとく、巨大な紅水晶《ローズクオーツ》が宙で回転し続けている。

そして発光。

この赤き宝石が回転するたびに光が放出され、その光が、天井に吸いこまれていく。

「あれ？　これもしかして」

レーシェがぽんと手を打った。

回転し続ける紅水晶《ローズクオーツ》をじっと見つめて。

「古代魔法文明で似たのを見た覚えがあるわ。都市を空中に浮かべるための魔法動力炉よ。

ということは……この天使学園を浮かせるエンジンかしら」

「なんとっ!?」

「あああああっっっ！」

ネルの驚愕《きょうがく》に続き、パールの絶叫がこだました。

「わかった！　わかりましたよ！　最果てへの到達方法。なぜ最深部の『？・？・？』にこのエンジンルームなんて部屋があるのか。見てくださいアレを！」

指さす先は天井の隅。

そこに取り付けられた黒い小型装置――四台もの監視カメラが、紅水晶《ローズクオーツ》を囲むガラス板を監視している。

喩《たと》えるなら、博物館に展示された伝説の秘宝のような警戒態勢。

「あの監視カメラがある以上、紅水晶《ローズクオーツ》にはこれ以上近づけない。裏を返せば利用されたくないということでしょう！」

パールが部屋を見回す。

さらに壁に手をついて、前後左右の壁を隈《くま》なく調べ始めたではないか。

「あたしの推測通りなら、この部屋のどこかに隠し扉か装置があるはず。ネルさんも探してください！」

「い、いったい何を探すのだ⁉」

「決まってます。これが車のエンジンだとしたら、当然、運転するためのハンドルがあるはずでしょう！」

「……ハンドルを見つけてどうする？」

「運転ですよ！」

　バッと振り向くパール。

「フェイさんレーシェさん、もうおわかりですね！」

「天使学園を乗っ取るってことだろ」

　つまりこうだ。

　このゲームの勝利条件は「天使学園から最果てにたどり着くこと」。

　今までは転移装置の存在を疑っていたが、このエンジンルームの登場で新たな可能性が浮上した。

「要するに飛行機だ。俺たちはこの天使学園という空飛ぶ要塞を使って、最果てまで飛ぶ……ってのがパールの予想だろ」

　ギミックとしては面白い。

　事実フェイもそれは秘《ひそ》かに検討していた……が、それを口にできなかった理由もある。
　一、操作方法がわからない。
　二、操作できたとしても、どこに向かって飛べばいいのかわからない。
　天使学園が空飛ぶ乗り物だとすると、逆に新たな謎が生まれてしまうのだ。

　そもそも天使学園を操縦できるようなら、冒険家ギブアップンの攻略日誌にそれを示唆する情報があってしかるべきだろう。

……その攻略日誌が不穏なんだ。

……あと一つで、あんな状況を逆転できるような文面が本当にありえるのか？

あらゆる抜け道が、天使の兵団に見つかり潰されてしまっていた。

お終いである。

攻略日誌は残り一つ。

そして未探索エリアは、残すところ校長室のみ。

「ええい残りは12分か？　13分か？　とにかく隣の校長室も開けてしまうぞ！」

「待ったネル、こいつを着てからだ」

「……これは」

ふわりと宙を舞う衣類。

フェイの投げた学ランを掴《つか》んだネルが、ハッと目を見開いた。

「そ、そうか。更衣室で手に入れていたな。これさえあれば……！」

学ランを急いで羽織るネル。

アスリートとして身体《からだ》を鍛えている長身のネルゆえ、男物の学ランもよく映える。

「失礼する。校長殿！」

トントンと両開きの扉をノック。

待つことしばし。

扉を挟んだ向こう側から、小さな足音に続いて可愛《かわい》らしい声が聞こえてきた。

『はーい。校長先生ですよー』

あれ、この声は。

ついさっき聞いたような覚えがある。

『どちら様ですかぁ?』

ぎくっ。

学ランを着たネルが、扉の前で固まった。

「どちら様かと言われたら……ええと……その……」

『……あれれ怪しいなぁ』

「違う! わ、私は怪しいものではなく天使学園エンジェリンの生徒だ。校長先生、あなたに会いに来た!」

「あ、なーんだ。生徒さんならどうぞー」

扉が両開きに開いていく。

葡萄酒《ぶどうしゅ》色の絨毯《じゅうたん》が敷かれた執務室。来客用のテーブルとソファがあり、ぶ厚い本がいくつも並んだ書棚がある。

そしてフェイたちの目の前には、こちらを見上げる小人がいた。

「校長先生のシルクだよ！」

「お前か⁉　まあ確かにそう言ってたけど、本当に校長先生か……」

「どうしたの生徒さん？」

ネルを見上げる大妖精シルク。

「校長先生のシルクに何か御用？」

「では単刀直入に聞きます！」

ネルに割りこむパールが、校長先生シルクに指を突きつけた。

「この空飛ぶ天使学園を操縦しているのは、学園の一番偉い人物。すなわち校長先生のあなたですね！　そうでしょう！」

「違うよ」

「……あれ？」

「この学園は宙に浮いてるだけだもん。風に流されて動くことはあるけど、ずっとこの場所だよ」

「……動かない？　そ、そんなはずは……」

パールがしかめ面。

天使学園が動かないのであれば、ハンドルなどで操作できる可能性も低くなった。

だとすれば、なおさら攻略日誌しか手がかりがない。

「ズバリ聞きますよ校長先生！　あなたのこの部屋に、光輝く紙切れのようなものは落ちてないですか？」

「あるよー」

「っ！　ぜ、ぜひそれを譲ってください！」

「いいよー。シルクは生徒に優しい校長先生だからね」

校長先生シルクが、可愛《かわい》らしく書棚へ駆け足。

ぴょんと最上段の棚に飛びついて、隅の方から光輝く紙切れを引き抜いた。銀色に輝く、冒険者ギブアップンの攻略日誌を――

「これのこと？」

「っ！　こ、これです！」

パールが手をかざすのに応じるがごとく、攻略日誌のページが宙へと浮かび上がる。

これが最後の攻略日誌。

あの不穏な語り口から、いったいどんな逆転劇が起きうるのか。フェイもレーシェも、ネル、パールも、誰もが息さえ止めて見守って――

人類が神の兵団から逃れる術《すべ》はない。これが結論だ。

「…………」

「…………」

深い、深い静寂が校長室に広がった。

誰も何一つ言葉を発しない。

フェイは目を瞑《つぶ》り、レーシェは横髪をくるくると指に巻き、ネルは腕組みし、そしてパールは――

「やっぱりギブアップしてるじゃないですか――――――っ!?」

爆発した。

顔を真っ赤にして、その場で頭を抱えてしゃがみこむ。

「あの冒険者！　な、なななななにが不屈の冒険者ですか！　あたしたちに散々ここまで探索させておいて、なんて縁起でもないメッセージを残してるんですか！」

「……まさかの展開だよな」

フェイさえ言葉がすぐには思いつかない。

攻略日誌を繋《つな》ぎ合わせた結果が、プレイヤーに希望をもたらすどころか、まさか絶望を浴びせてくるとは。

最果てに至る道はある。

探し続けろ。すべての常識を疑え。このゲームのすべてを使え。

もっとも大切なこと、それは——

天使さえ知らない攻略法が、不完全なかたちで残っている。

……と思っていた私は、気づいたのだ。

天使宮殿のあのフロアで。

あらゆる抜け道が、天使の兵団に見つかり潰されてしまっていた。

お終いである。

人類が神の兵団から逃れる術《すべ》はない。これが結論だ。

「……くそっ！」

来客テーブルに手をつき、ネルが奥歯を噛《か》みしめる。

「攻略の糸口だったと思ったものが、まさかのダミーギミックか！」

そんな彼女の真後ろには壁掛け時計。

残り10分30秒。

全滅すれば即座にタイムオーバー。その差し迫った状況で、二時間以上を費やして探してきた攻略ヒントが無に帰した。

「我々はすべてのエリアを探索し終えた。なのに最果ての場所さえわからないのはどういうことだ……」

「今までを振り返ってみましょうか」

レーシェが、校長室の客人用ソファーに座りこむ。

「この天使学園は屋上を除けば四階から一階までの四フロア。そして屋上にあった地図に従って、わたしたちは全エリアを見てきたわ」

だからこそ攻略日誌もすべて集まった。

フェイの視点でも、見落とした部屋はないように思える。

……隠し部屋もないはずだ。

……どのみちその前提で推測を進めないと、この残り時間での攻略は不可能だ。

全エリアを探索し終えて、なお攻略方法に未知が多すぎる。

いったい何を見逃している？

「あ、あのですね！」

レーシェの隣に座ったパールが、思いきった表情で手を上げた。

「あたしたち三階のケルベロスと恐竜《レックス》を倒せてません。やっぱりあのモンスターを倒すことで何かアイテムがもらえたり……」

「でもパール？　倒してないっていう点なら生徒会長もよ。重要なドロップアイテムなら、生徒会長の方が可能性高いと思わない？」

「っ⁉　で、でもあんなの勝てる気がしないですよ⁉」

「ケルベロスと恐竜《レックス》もそれは同じよ。冒険者ギブアップンの攻略日誌にも書かれていたじゃない。この学園のモンスターは倒せないって」

「……うっ。確かに」

「レーシェ殿、その冒険者ギブアップンについてだが」

思案げなネルが、おずおずながら言葉を続けて。

「『この学園のモンスターは倒せない』という情報自体が、嘘《うそ》である可能性はどうだろう。そもそも攻略日誌という名前の日誌が、『人類が逃れる術《すべ》はない』という結論で終わっていたペテン日誌だったわけで……」

「そこよ」

ソファーに背を預けるレーシェが、宙を見上げる。

「残り9分。わたしたちにできるのは、冒険者ギブアップンの攻略日誌をどう解釈するかっていう議論ね」

「というと？」

「この日誌に裏のメッセージが隠されていないかの検証よ。暗号が仕込まれてないかさっきから考えてるんだけど」

「……レーシェ殿は、あの攻略日誌を信じていると？」

「検討する余地はあるとは思うわ」

レーシェがちょいちょいと手招き。

その仕草の意味するところを察して、フェイは叡智《えいち》の書をレーシェに手渡した。

「フェイはどう思う？」

「……この天使学園で、意味のないギミックは存在しなかった」

たとえば三階のプール。

最初は巨大メダカが泳いでいるだけのエリアかと思われたが、二階で天使ピザプリンと遭遇したことでプールの存在意義が「身を清めること」だとわかった。

ウサギ小屋が広いこと、校庭が広いこともだ。

いずれも恐竜《レックス》とケルベロスからの逃走フィールドで、敷地が狭かったら自分たちはすぐに捕まっていただろう。

……無駄なギミックは一つとしてなかった。

……攻略日誌はなおさらだ。あれだけ大がかりな仕掛けだから。

何かがある。

では何があるかというと、必ず「最果て」のヒントが記されているはずなのだ。

「…………」

目を閉じ、その場でフェイが思考に集中しようとして――

「ああもう――っ！」

パールが頭を掻《か》きむしった。

「なぁにが叡智の書ですか！　『お終いだ』なんて降参するなら冒険者ギブアップンの引退記録とかの名前にすれば良かったんです。それならあたしたちも最初からこんなものを信じることは――」

「それだパール」

「………はい？」

パールがきょとんと瞬《まばた》き。

そんなパールに見上げられながら、フェイは、レーシェが手にした書物を瞬きも忘れて凝視し続けていた。

「冒険者ギブアップンは、なんで自分の日誌を『叡智の書』なんて名付けたんだ？」

「そ、そうですとも！　腹立たしいですよね！」

「――――」

パールの相槌《あいづち》にはあえて応えず。

フェイは、冒険者ギブアップンの言葉を思いだすことに集中しきっていた。

攻略日誌の言葉ではない。牢獄での肉声を。

……「私を信じて最果てにたどり着いてほしい」って言っていたよな。

……攻略を諦めた奴《やつ》がそんな事を言うか？

冒険者ギブアップンは、攻略日誌に「最果てにたどり着く術《すべ》はない」と記した。

冒険者ギブアップンは、牢獄では「最果てにたどり着ける」と言っていた。

逆さまではないか。

心変わり？

理屈で考えるなら、正しいのは牢獄で聞いた方だろう。

なぜなら冒険者ギブアップンは天使学園を探索しながら攻略日誌を書いて、その完成後に天使たちに捕まって牢獄に入ったはず。

……本当に攻略日誌の通りなら。

……牢獄で俺たちと出会った時にも「諦めろ」って言うはずじゃないか？

彼《ギブアップン》の立場で思考しろ。

冒険者ギブアップンは、天使学園エンジェリンを探検した。

そこで天使たちの目をかいくぐりつつ、全フロアの至るところに攻略日誌を隠した。

四階から一階まで。

その書き終えた日誌を「叡智の書」と名付けて――

違和感。


「……違う」

掠《かす》れた独り言が、呼吸とともにフェイの口を衝《つ》いて出た。

「書き終えた攻略日誌を『叡智《えいち》の書』と名付けたなら、順番が逆になるはずだ。……だとしたら、レーシェ！　叡智の書もう一回渡してくれ」

銀色に輝く書を受け取る。

攻略日誌が記された見開きページを、今一度、端から端まで精読し――

「っはは！　あはははは っ！　そういうことか、俺としたことが！」

フェイはその場で噴きだした。

これが残り7分という極限に追いつめられた状況でなければ、腹を抱えて笑い転げていただろう。

「フェイさん!?」

「フェイ殿!?　い、いったいどういうことだ！　まさか……」

「そっちの攻略ルートだったわけだ」

　すべてを理解した。

「叡智《えいち》の書は四階にあった」

「……え、ええ」

「……その通りだが、それがどうしたのだフェイ殿」

　ただの事実の列挙だ。

　今さら手がかりがあるとでも？――そう言いたげなパールとネルのまなざしに、フェイは叡智の書を見つめたまま。

「俺たちは四階から順に攻略日誌のページを追加していった。だけど冒険者ギブアップンは、最深部の一階から日誌をつけて四階で完成させていった」

「はい⁉」

「・・・・・・・・・・・・逆だったんだよ」

　違和感は既にあった。

　時系列――

「冒険者ギブアップンはこの学園を探索しながら攻略日誌を書いて、完成後に天使たちに捕まった」

　攻略日誌が「絶望」で終わるなら、牢獄での会話も同じ話になるだろう。

　だが彼は牢獄で希望を語った。

「ギブアップンが『叡智の書』と名付けたのはなぜだ？　それは、書き終えた攻略日誌がそう名付けるに相応《ふさわ》しいと思ったから」

そして叡智の書の本体は四階にあった。

だとしたら疑問が生まれる。

「叡智の書と名付けたのは日誌の完成直後。だとしたら叡智の書の本体は四階ではなく最下層の一階に隠してなきゃおかしいだろ。四階から書き始めたならな」

「あ……あああぁぁぁっ!?」

パールが叫んだ。

「だからそういう結論になるんですね！　叡智の書が四階にあったということが、冒険者ギブアップンは一階から攻略日誌を書き始めて、二階三階と上っていって、四階で完成させたことを示している…………ええと……？」

言いながら段々と曇っていくパールの表情。

「……それがわかると何がわかるんです？」

「あったんだよ」

叡智の書と名付けられた本をパタンと閉じて。

フェイは、自分を見つめるレーシェに振り向いた。

「やっぱりそうだ。叡智の書には裏のメッセージが隠されていた。どうだレーシェ？」

「面白いと思うわ」

炎燈色《ヴァーミリオン》の髪の元神さまが、にこやかに頷《うなず》いた。

天真爛漫《てんしんらんまん》な瞳を輝かせて。

「フェイのそういう思いきりの良いゲームプレイが好き。さあパール、ネル、行くわよ！」

「へ？」

「……ど、どこへ行くのだ⁉」

「ゴールだよ」

レーシェの代わりにそう答えて。

フェイは、ハッと息を呑《の》む二人の少女に力強く頷いた。

「行こう。残り6分40秒で、俺たちは『最果て』までたどり着く！」

Chapter

Player.5 神を目指して飛ぶ者よ

God's Game We Play

1

天使学園エンジェリン1階。

神々しく輝く廊下に、見張りの天使の姿はない。音を立てる物は皆無。埃《ほこり》一つさえ存在しない聖域にして、最も静謐《せいひつ》なる空間——

そこに荒々しい叫び声がこだました。

「フェイさん！　あたしたちどこに向かって走ってるんですか！」

「この廊下の一番奥だ！」

「そろそろ目的地を教えてくださいってば⁉」

「生徒会室」

「……なんで生徒会室かっていう理由もぉおおおおおおおっっ⁉」

「攻略日誌にそう書いてあるからだよ」

パールにそう答えながらも、フェイは決して後ろに振り向かない。

振り返って説明している間も惜しい。

残り5分30秒。この廊下が三百メートルだとすれば、走りきるだけでもざっと40秒。実質4分しか残らない。

……まず目指すのは生徒会室。

……でもそこで終わりじゃない。さらに大移動が必要になる。

「ネル、パール！　さっき校長室で話した手筈《てはず》で頼む」

「承知した！」

「は、はい！　そっちはお任せを！」

どのみち話せるのは最低限の決め事だけだ。

廊下《ここ》で作戦の一部始終を話して、その会話が生徒会室にいるフレイヤに聞かれてしまえばお終いなのだから。

「俺が言えるのはこれだけだ。このゲームに無駄なギミックは一つもなかった」

「生徒会室もですか!?　あれだけ強い生徒会長が守ってる部屋だから、そこに隠し通路があるとか……」

「隠し通路はない。生徒会長がビーム撃って消し飛ぶ部屋だぞ」

用があるのは生徒会長フレイヤ本人。

あの生徒会長だけは、いまだ「なぜ存在するのか」の謎が残ったまま。それを解き明かしにいく。

「まさか生徒会長を倒せってギミックですか!?」

「それを今から確かめに行くのさ！」

廊下を駆けぬける。

直線三百メートルを走りきった先に、「生徒会室」のプレートが掲げられた部屋。

「ってわけで──」

扉に手をかけ、フェイは思いきり扉を横にスライドさせた。

「勝負の続きだフレイヤ先輩！」

「……ほう」

生徒会室の最奥で。

執務机に両肘をついた学ラン姿の天使が、剣呑《けんのん》なまなざしでこちらを睨《にら》みつけた。

「この生徒会長フレイヤに楯突《たてつ》く身の程知らず。さては貴様ら侵入者だな？」

「ああ、勝負だ」

「けしからん！」

天使が立ち上がった。

その背中の四枚翼が大きくしなり、眩《まぶ》しいほどの純白の光が放たれる。

何百何千という光の粒。ただ美しいだけではない。あの粒の一粒一粒が、人間の想像さえ及ばぬ膨大なエネルギーの結晶に違いない。

「愚かなり人間。天に立つ吾《ワエ》の前で、地を這《は》う人間はただ畏れ逃げるが相応《ふさわ》しい！」

執務机に飛び乗るや、生徒会長フレイヤが指揮棒《タクト》をこちらに向ける。

バチッ！

指揮棒《タクト》の先端に光が迸《ほとばし》る。その意味を、自分《フェイ》たちは既に身を以《もっ》て知っている。

「裁きを受けよ。『天軍の剣』！」

「お返しだ！」

飛びだしたネルが、足を振り上げた。

神呪《アライズ》『モーメント反転』――指揮棒《タクト》から放たれた巨大な閃光《せんこう》。剣のかたちをした光を、ネルの右足が跳ね返す。

「何ッッ！」

虚を突かれた生徒会長は動けない。

そこへ襲いかかる天軍の剣。轟音《ごうおん》とともに、ネルの跳ね返した光が生徒会室の壁を消滅させて虚空《こくう》に消えていく。

「す、すごいですネルさん！」

「うむ。一度見ていたからな。直線的な攻撃ゆえに、指揮棒《タクト》が光った瞬間に蹴り返すだけで良いのはわかっていた」

着地するネル。

天軍の剣の軌道上にあった生徒会室の机や壁がすべて消し飛び、小さな瓦礫《がれき》がカラカラと転がっていく。

「……た、倒せたんですか？」

「まこと愚かである」

風が吹いた。

大穴の空いた壁の向こう──澄みきった蒼穹《そうきゅう》に、たった一つ穿《うが》たれた純白の人影。

それは、自らの翼で我が身を守った天使だった。

あの天軍の剣の一撃を、自らの翼で受けとめきったのだ。

「吾《ワェ》は生徒会長フレイヤ。この天使学園における最強最大の存在である。自らの光に敗れる道理なし！」

「くっ！……すまないフェイ殿！」

「いいや、助かったネル」

やはりだ。このゲームで生徒会長フレイヤは倒せない。
・・・・・・
それだけを確かめたかった。

「見たぞ人間。貴様の神呪《ちから》」

生徒会長フレイヤが空を飛び、瓦礫の転がる生徒会室に降り立つ。

指揮棒《タクト》でネルを指し示して──

「吾《ワエ》の光を跳ね返したな。その神呪《ちから》、跳ね返す条件が蹴りであるならば連続はできまい。一度に跳ね返せるのは一発のみ」

「……ぐっ！」

「ゆえに次は五連発。貴様らは全滅だ！」

天軍の剣。

煌々《こうこう》とした鋭い輝きが、先ほどの五倍の光量で膨れあがる。ネルの神呪でも防ぐことは叶《かな》わない。そうとわかれば選択肢は——

「天軍の剣！」

「逃げます！『気まぐれな旅人《ザ・ワンダリング》』！」

視界を覆い尽くす光の奔流。

それに押し流される寸前に、フェイたちはパールの転移門《ワープポータル》に飛びこんだ。

廊下へ転移。

と同時、天使学園を揺るがす轟音《ごうおん》と光が炸裂《さくれつ》し、生徒会室が吹き飛んだ。

「……どこへ逃げた人間ども」

濛々《もうもう》と立ちこめる粉塵《ふんじん》のなか、天使の姿がおぼろげに映る。

転移した人間《じぶんたち》の気配を探っている。このまま煙幕に身を隠していても必ず見つかる。

「逃げるぞ！」

「で、でもどこへです⁉」

煙のなかの返事はパール。

逃げ場がないのだ。この一階は、一直線の通路が一本のみという簡素極まりない構造だ。校長室やエンジンルームに隠れたくても、距離がありすぎて辿《たど》り着く前に見つかってしまう。煙が晴れる前に逃げきるには──

「上だ！」

「二階だと⁉　だ、だがフェイ殿！」

ネルの動揺もわかる。

自分たちは一度全滅している。生徒会長フレイヤは二階に上がろうと三階に上がろうと、学園のどこまでも追いかけてくるだろう。

「今度は逃げきる！」

そう叫ぶや、フェイは先陣を切って階段に足を踏みだした。

続いてレーシェ、ネル、パール。

天使学園の二階へ。

更衣室のロッカーにある隠し階段から飛びだした。

「……はぁ……はぁ……こ、この二階のどこに隠れれば……」

「っ！　更衣室から脱出よ！」

レーシェが叫ぶ。

その背後で、いま自分たちが飛びだしたばかりのロッカーの内側から、強烈な白い光が溢《あふ》れ始めたではないか。

「やばい逃げろ！」

フェイたちが廊下に飛びだした直後、更衣室が巨大な光の剣に貫かれて吹き飛んだ。

天軍の剣。

その光を放った天使の声が、怨念のごとく響いてくる。

「見つけたぞ人間たち」

更衣室のあったエリアが丸ごと大穴となり、そこから翼を羽ばたかせた生徒会長が浮上してきた。

「許さん、貴様たちのせいで更衣室が消えたではないか」

「消し飛ばしたのはあなたでしょうが!?」

「これ以上の被害を防ぐためにも、生徒会長としての本気を出さねばならないようだ」

「だからあなたが――」

「問答無用！」

生徒会長フレイヤが、懐から見覚えある笛《ホイッスル》を取りだした。

体育教師が持っていた笛《ホイッスル》と同じもの。

まさか……

その意味を察して青ざめるフェイたちの前で、フレイヤが口元に笛《ホイッスル》を押し当てた。

「生徒会長が命じる！　集合せよ生徒たち！」

響き渡る笛。

と同時に、フェイたちのいる廊下の至るところから「ガタ」「ガタタッ」と椅子や机が動く気配がこだました。

音は、廊下に並ぶ教室すべてから。

何がまずいかというと、ここ二階は天使学園でもっとも教室が多いのだ。

「やばいですぅうううううううっ⁉」

「囲まれる前に走れ！」

廊下に面した全教室の扉が一斉にガタタッと開かれ、そこから鎗《やり》や弓で武装した天使が何百体と飛びだした。

天使の軍勢――

教室で授業を受けていた天使たちが、学ランを脱ぎ捨てたのだ。

「人間だ！」

「おのれ！　聖なる学園を汚す侵入者は、我らが粛正してくれる！」

さらに廊下の窓からも、鎗を手にした天使たちが空を飛んでやってくる。

「フェイ殿、全方位取り囲まれるぞ！」

「目を瞑《つぶ》れ！」

これが最後の逃走手段。

握りしめていた爆発ホットパイを、フェイは廊下の床に叩《たた》きつけた。

パンッ、と風船が割れたような音とともにパイが破裂。破れた生地から真白い小麦粉が煙となって廊下に充満する。

廊下を包む煙幕――

『何ッ⁉』

『目潰しかッ⁉』

廊下に集まってきた天使たちが大混乱。

あまりに多くの天使が集まったことで、煙幕のなか気配が入り交じりすぎてフェイたちの気配を特定できないのだ。

……これだけ仲間の天使が集まれば。

……生徒会長もここで天軍の剣は撃てないよな！

煙幕に紛れた今しかない。

前後左右を取り囲む天使の群れから、脱出する。

「こっちだレーシェ！」

「こっちよネル！」

「こっちだパール！」

「合点です！」

霧のなか四人が順に手を繋《つな》ぎ、フェイを先頭にして天使の軍勢をすり抜ける。

爆発ホットパイの煙幕効果はおよそ十二秒。

煙が晴れるまでに一歩でも遠くへ。二階で身を隠す候補は「音楽室」「調理室」「教室」。

そして何より、天使のいない部屋が――

「職員室だなフェイ殿！」

煙のなかネルが叫ぶ。

全フロア全エリアで、天使もモンスターも現れない唯一の安全地帯。そこに逃げこめば生徒会長の目も届かない可能性が高い。

と思わせて――

「引っかけだ」

「何っ？」

「あの安全地帯は、俺たちを誘導して時間を消費させる罠《わな》だ。俺たちに隠れている時間はない！」

体感、残り2分47秒。

隠れていてはいけない。

前に進まねばならないのだ。

……あの場所まで行けたとしてもだ。

……最果てにたどり着くために、もう一手間かかる。

職員室は無視。

徐々に煙が消えていく廊下を、ひたすらに走り続ける。

「フェイさん、煙幕が！」

「―――人間だ！　いたぞ！」

およそ三十メートル後方。

生徒会長フレイヤを含む天使の軍勢が、一斉にこちらに振り向いた。

何十体という天使が、鎗《やり》と弓を構えて。

それを率いる生徒会長フレイヤが、あたかもオーケストラを率いる指揮者のごとく指揮棒《タクト》を振りかざす。

「やばい！　駆け上がれ！」

三階に続く土の階段に、足をかける。

その瞬間――

天使たちの一斉砲撃で、天使学園エンジェリンの三階に光が満ちた。

教室を、廊下を、天井を。

超高熱の光がすべてを焼き照らす。その爆風に背を押され、フェイたちは悲鳴を上げる間もなく吹き上げられた。

──見渡すかぎりの、砂の大地。

三階の校庭だ。

二階での爆風がここ校庭の砂を巻き上げ、空中を黄土色に染め上げる。

「……けほっ！　最終盤らしい一斉攻撃か……恐竜やケルベロスのギミックが可愛《かわい》らしく見えるな……」

口に混じった砂を吐き捨て、フェイはよろめきながら立ち上がった。

硬い地面に叩《たた》きつけられたせいで全身が激しく痛む。レーシェのみ無事に着地できたが、ネルもパールも同じく地面に叩きつけられた状態だ。

……いや、それでも生きてるだけマシだ。

……あと一秒でも階段を登るのが遅れてたら、確実に全滅判定だった。

砂塵《さじん》の舞う校庭。

フェイたちが駆け上がってきた階段は粉々に消し飛んだが、翼を持つ天使たちは階段など使わずとも三階に浮上してくるだろう。

「起きれるか、パールもネルも」

「……は、はい……でも走るのは……少し、難しいかもです……」

「……私も、全力で走るのは厳しいな……」

脇腹に手をあててパールが起き上がる。

次いでネルも起き上がったが、足首を痛めたのか足を地に引きずった歩き方だ。

「──行こう」

まだ運《ツキ》はある。

天使たちが起こした爆風で、校庭の砂が大量に噴き上げられた。

その砂が煙幕となって宙に渦巻いている。雨雲によって空が見えなくなるように、この砂嵐が視界を覆い、宙を飛ぶ天使から地上が見渡せないのだ。

地上を歩くプレイヤーの姿が見えない。

……今しかない。

……この砂嵐が吹いている間に動かなきゃ見つかって終わりだ。

一歩、また一歩。

まさしく地面を這《は》うに等しい速度で、広大な砂の大地を進んでいく。

「フェイ殿、残り時間は……」

「たぶん1分と39秒」

残り100カウントを切った。

間に合うか？

負傷したこの満身創痍《まんしんそうい》の状態で、この足取りで、最果てに辿《たど》り着《つ》くことができるかどうかは自分《フェイ》にも確信がない。

それでも。

「……歩くしかないんだ。人間らしく」

残りカウント87、86、85。

歩く、歩く、歩く。

残り68、67、66。

正直、この残り時間さえ正確である自信はない。

一階からここまで無我夢中の逃走を続け、天使たちの総攻撃で吹き飛ばされた。その過程のどこかで、脳内の秒数カウントがずれている可能性はある。

……一秒？

……いや三秒はズレてても不思議じゃない。それも想定して動け。

レーシェがパールに肩を貸して。

フェイとネルが歩調を合わせ、砂の大地を進んでいく。身体《からだ》を激しく打ちつけたせいで、一歩踏みだすだけでも痛みが走る。

それでも歩いて、歩いて。

わずか十数秒が途方もなく長く感じられる、その歩みのなか。

「フェイ殿！　上が……！」

曇天が晴れるがごとく。

地上を覆い隠していた空中の砂嵐が消えて、その先に真っ青な天井が――

――見えなかった。

頭上に映るのは「白」。


何百体という天使の軍勢が、フェイたちのすぐ頭上にいた。


「浅薄が過ぎるぞ、人間」

天使の軍勢の中心で――

四枚翼の生徒会長フレイヤが、冷たき双眸《そうぼう》で、地上を嬲《なぶ》るように一瞥《いちべつ》した。

「砂嵐に遮られて地上が窺《うかが》えぬ。それは裏返せば、お前たちは必ずや砂嵐の下にいるということ」

「っ！」

「砂嵐に身を潜めるのではなく、砂嵐から飛びだし走り続けるべきだったのだ。お前たちはその覚悟に欠けた。結果どうだ？　砂嵐が消えた今、お前たちを守るものは何もない」

見晴らしの良すぎる校庭。

フェイたちの周囲には、天使たちから身を隠す場所はない。

そして——

残り27秒、26秒、25秒。

「まさに大地そのもの。そなたらの知と力は、天に至るにあまりに低い」

天使の軍勢が見下ろすなか。

生徒会長フレイヤの指揮棒《タクト》が瞬《また》きだし、雷撃にも似た光がそこに凝縮されていく。

「地を這《は》う者たちよ、せめて天を見上げて果てるがいい!」

指揮棒《タクト》が振り下ろされる。

巨大な剣として顕現した閃光《せんこう》が、地上めがけて降りそそぐ。

「これにて——」

「俺たちは『最果て』に辿《たど》り着《つ》いた」

地を指して指揮棒《タクト》を振りおろす天使。

その天使に向けて——

フェイは腕を振り上げ、地上から天を指さした。

「答え合わせの時間だ！」

冒険者ギブアップンが残したメッセージ。

それを紐解《ひもと》いて辿り着いた場所は、ここだった。

「一歩一歩、大地を踏みしめてここまで来たさ。人間らしく地を這うような歩みでも

──パールッッ！」


「『気まぐれな旅人《ザ・ワンダリング》』！」

その一言で。

黄金色の転移門《ワープポータル》が生まれ、地上のフェイたち四人が後方へと転移。

一方で──

フェイたちが一瞬前まで立っていた校庭めがけて天軍の剣が降りそそぐ。すべてを焼き貫く光が、轟音《ごうおん》とともに地面を抉《えぐ》っていく。

天軍の剣は止まらない。

最強の天使が放った破壊の光が、校庭を抉って三階の地盤を貫き、空洞になっていた二階を突き進み──

一階エンジンルームの天井を貫き、紅水晶《ローズクオーツ》を焼き砕いた。

魔法動力炉。

この天使学園を浮遊させていた動力源が、砕け散った。

「……これはっ⁉」

指揮棒《タクト》を振り下ろした体勢で、生徒会長フレイヤが目を見開く。

鳴動する校庭。

天軍の剣の衝撃は収まった。今続いているこの揺れは、紅水晶《ローズクオーツ》という魔法動力炉を失った天使学園がその制御を失いつつある鳴動だ。

「……揺れる揺れる揺れてますぅううっ⁉」

「何が起きている⁉」

校庭がぐらぐらと揺れ始める。

パールとネルが、倒れまいと互いに支え合うなか——

「すべて書かれていた。あの叡智《えいち》の書にだ！」

生徒会長を見上げたまま、フェイは、天軍の剣が空けた校庭の大穴を指さした。

「俺たちは逆さまに読み違えていた・・・・・・」

冒険者ギブアップンは、攻略日誌に「最果てにたどり着く術《すべ》はない」と記した。

なぜこうなったのか。

それは自分たちが、天使学園を上から下に探索したからだ。

「冒険者ギブアップンは俺たちとは逆の攻略ルートを選んでいた。すなわち一階から攻略日誌を書き始め、二階三階と上っていって四階で完成させたんだ！」

このゲ・ー・ム・は・何・階・か・ら・探・索・し・て・も・い・い・。

最深部の一階が最重要だろうという推測で、一階から探索する選択肢も確かにあった。

冒険者ギブアップンはまさしくそう行動していたのだ。

だとすれば——

「叡智の書は四階から読むんじゃない。書き始めた一階から読むことで完成する」

【四階から完成させた叡智《えいち》の書（偽）】

最果てに至る道はある。
探し続けろ。すべての常識を疑え。このゲームのすべてを使え。
もっとも大切なこと、それは――
天使たちを欺《あざむ》く攻略法が、不完全なかたちで残っている。
……と思っていた私は、気づいたのだ。
天使宮殿のあのフロア。
希望の道が、天使たちに見つかり潰されてしまっていた。
ああ、お終いだ。
人類が天の軍団から逃れる術《すべ》はない。

【一階から完成させた叡智の書（真）】

人類が天の軍団から逃れる術はない。
ああ、お終いだ。
希望の道が、天使たちに見つかり潰されてしまっていた。
天使宮殿のあのフロア。
……と思っていた私は、気づいたのだ。
天使たちを欺く攻略法が、不完全なかたちで残っている。
もっとも大切なこと、それは――
探し続けろ。すべての常識を疑え。このゲームのすべてを使え。
最果てに至る道はある。

最果てに至る道はある。

それが真の結論。

気づけば単純な仕掛けだ。文章を眺めるうち、偶然に勘づくこともあるだろう。

だが――

たとえギミックに気づいたとしても、それがゲームの勝利に直結するわけではない。

「叡智《えいち》の書を完成させても、まだ最後の謎が残っている」
・・・・最果てはどこにある？
一見すれば、叡智の書には何一つ具体的なものがない。

そう思えるが――

「叡智の書にはすべて書かれていた。このゲームのすべてを使えってね。ネル、この意味は何だと思う？」

「っ……敵であるモンスターや天使を利用せよという意味だろうか」

「もちろん。だけどそれは『すべて』じゃないだろ？」

ゲームのすべてを使う。

天使やモンスターは、ゲームを構成する要素に過ぎない。叡智の書が語る「すべて」とは、より大がかりなものを意味している。
・・・・・・
「天使学園を丸ごと使え」

「っ！　それってもしや……あたしが言った天使学園を乗っ取るのではって……！」

「ああ。あの仮設は半分正しかったんだ」


〝俺たちはこの天使学園という空飛ぶ要塞を使って、最果てまで飛ぶ〟

〝要するに飛行機だ〟


この仮説は、一度は否定された。

校長先生シルクによる「この学園は操作できない」という証言。

それに飛行機のように天使学園を操作できたとしても、肝心の「最果て」が何処《どこ》にあるかわからない。フェイも一度は諦めた……が。

「最後の最後までエンジンルームの存在意義がわからなかった。それが逆にヒントをくれたんだ」

このゲームに無駄なギミックは一つもない。

一階の「？？？」であるエンジンルームは、必ず使い途《みち》がある。そこに叡智の書のヒントを噛《か》み合わせると。

一――エンジンルームをギミックとして、何らかのイベントを発生させる。

二――その上で、天使学園を丸ごと使う何かを行う。

それは何だ？

ここまで考えた時、ふと自分《フェイ》は、己が無意識に抱いていた固定観念に気づいた。それは
「俺たちにできる操縦が一つだけあったんだ。上昇じゃない。前後左右でもない。それは天使学園を下に移動させること。墜落だ」

「……まさか⁉」

「……そういうことか！　だからエンジンを破壊すれば良かったのだな！」

「最初から辿《たど》り着《つ》いていたってわけ」

パールにネル、そして最後にレーシェが言葉を継いだ。

悪戯《いたずら》っぽい笑顔で。

「この天使学園は、ずっと最果て《ゴール》の真上を飛んでいた」

「っ！」

生徒会長フレイヤが、目を見開いた。

こうして話している間も、フェイたちを乗せた天使学園は浮力を失ってみるみる高度を落としつつある。

「天使学園を墜《お》とす理屈は簡単だ。エンジンルームの紅水晶《ローズクオーツ》を破壊する」

では、それをどう実行するか。

触れれば監視カメラに見つかるうえに、このゲームでは紅水晶《ローズクオーツ》を遠距離から破壊できる攻撃アイテムもない。

「だから天使を欺《あざむ》くことが必要だった。それはつまり――」

「私に天軍の剣を撃たせること」

空高く――

武装した天使たちが見守るなか、生徒会長フレイヤが指揮棒《タクト》を手放した。

銀色に輝く棒が落下。

校庭の地面でカラカラッと数回跳ねて、そしてフェイたちの足下に広がる大穴へと転がり落ちていく。

「貴様たちの立っていた地が、ちょうどエンジンルームの真上だった」

「ああ、ヒントはこの学園の形状だ」

三階（校庭）が極端に広く、一階フロアの位置が極端に偏っている。

何らかの手段で三階から一階にショートカットできる形状であることは、最初から予想がついていた。

「否《いな》。それだけでは足りまい。私に天軍の剣を誘発させ、校庭ごと地盤を貫き、一階のエンジンルームを狙うには正確な座標計算が必要だったはず」

そう。

この作戦は、いわば三階の校庭から一階の紅水晶《ローズクオーツ》を狙撃する所行。

偶然で撃ち抜くにはあまりに神業がかっている。

「そうさ。本当なら至難の業だった。だけどアンタらも目印の存在は知っていたんだろ？
・・・・・・・・・・・・・
人間の冒険者ギブアップンが目印に掘った穴を、天使も一度は埋めたはずだ」

〝希望の道が、天使たちに見つかり潰されてしまっていた〟


「────」

沈黙する天使の少女。

地上に立つ人間《フェイ》たちと、その足下に空いた大穴を見比べるように見下ろして。

「覚えていると思うか？」

ただ淡々と、天使の少女は言葉を続けた。

「天使は天の住人だ。地に施した行為など覚えているわけがない。地面の色が違う？　掘り返した痕がある？　天使はそのすべてを等しく『地面』としか認識しない」

「……ああ、なるほどね」

「それゆえに──」

生徒会長フレイヤが、その美しき四枚翼を宙で畳んだ。

天の頂を自称する天使の少女が、ゆっくりとフェイたちの眼前に降りてくる。自らの足で大地を踏みしめて。

「私の負けだ」

天使の少女が、ふっ、と笑んだ。

慣れないぎこちなさと照れくささが混じった笑みで。

「やはり見下してはならなかったか。大地を生きる者が、天に挑む意思の強さを」

天使学園が、大きく揺れた。

魔法動力炉であった紅水晶《ローズクオーツ》が砕け、すべての浮遊力を失って空から落ちていく。

重力の加速度によって勢いを増して落下。

大いなる大地に引き寄せられて――

「墜落しますぅぅぅぅっぅうっっっっ!?」

「しゃがめ！」

四《よ》つん這《ば》いの姿勢で、衝撃に備えて全員が屈《かが》みこみ――

天使宮殿エンジェリンは、「最果て」の地に墜落した。

VS『天軍の長』フレイヤ。
ステルス潜入アドベンチャー「神をめざして飛ぶ者よ」
【勝利条件】最低一人が、空飛ぶ要塞『天使学園』から『最果て』にたどり着くこと。
【敗北条件】勝利条件を達成できないすべての場合。
【ルール1】制限時間3時間。
【ルール2】全滅ごとにタイムリミットが10分早まるペナルティーあり。
攻略時間3時間29分51秒にて、『勝利』。
勝利報酬《ドロップアイテム》

Chapter

Player.6 神だからこそ

God's Game We Play

目が覚めるような深い青。

雲一つない無窮無限の天から、白き要塞が落ちていく。

天使要塞ゲシュタルロア――

ゲーム内にて天使学園エンジェリンと呼ばれていた天使の都が、動力源だった紅水晶《ローズクオーツ》を破壊され、『最果て』の地に落ちていく。

その一幕を。

はるか先にて見守る、四つの影があった。

「終わったようじゃの」

褐色の少年が目を細める。人間の肉眼では点にしか見えないほど遥《はる》か遠くの天使要塞を、愉快そうに眺めながら。

「ふむ。フレイヤちゃん笑っておる。まんざらでもなかったようじゃな。最初はあれほど、人間なんてと見下したフリをしておったのに」

「………」

「これで彼らは九勝か。もう後がないの」

「……そうですね」

柔《にこ》やかな笑みの少年――精霊王アラソラギに促されて。

チーム『すべての魂の集いし聖座《マインド・オーヴァー・マター》』を束ねる少女ヘレネイアは、果てしなき蒼穹《そうきゅう》を今も見上げ続けていた。

天使要塞ではない。

ただ、空を見ていた。

古代魔法文明の時代、すべての都市は、天使要塞と同じように空に浮かんでいた。

神々から授かった魔法の力で。

だがその力はいつしか、神々と遊ぶためではなく人々の抗争にしか使われなくなった。

「ご老体」

「なんじゃ？」

「神々の遊びは十勝で完全攻略《クリア》ですよね」

「ほほっ。まあそうじゃの」

「十勝は早い者勝ちですよね」

「無論その通り」

「先を越されたら、私が完全な神に戻ることは叶《かな》わない。神々の遊びをこの世界から無くすという目的も叶わなくなりますね」

「そういう事になるの」

「————————」

長い、長い沈黙。

人間ならば「ただ待つにはあまりに長い」と感じる、悠久にも等しい時間。

褐色の少年はそれを見守るだけ。

その後方に立つ線の細い赤毛の少女も、片眼鏡《モノクル》をした知的な青年もだ。

三人が、リーダーである少女の言葉を待ち続けている。

どれだけ時間をかけてもいい。元よりこの三人に時間の概念など無きに等しい。

精霊王アラララソラギ。

超獣ニーヴェルン。

九十九神《つくもがみ》なふたゆあ。

チーム『すべての魂の集いし聖座《マインド・オーヴァー・マター》』は、一人を除いて完全なる神なのだから。

「…………本当に」

ぱさり、と。

チームのリーダーである少女が、目深《まぶか》に被《かぶ》っていたフードを脱いだ。大地に吹く風に、淡い薄紫色の髪がさらさらとなびく。

「……本当に……嫌だったのに……」

ヘレネイアという少女からこぼれる、苦渋の吐息。

「フェイ。それにチーム『神々の遊戯を授かりし《メイ・ユア・ゴッズ》』。あなたたちは凄《すご》いわ。一度の敗北さえなく十体の神に勝利した。心の底から賞賛する。でもあなたたちが辿《たど》りついた、この最果ては――」

ざわり。

無限に続く大地に、風ではない風が吹いた。

神が発する霊的な力の波動。それがヘレネイアという少女の全身からあふれ出す。

「あなたたちの旅の最果てという意味でしかない」

伸びていく少女の影。

蒼穹《そうきゅう》の光を受けて、少女の影がヒトならざる大きさへと膨れあがっていく。

『あなたたちは私に勝てない』

『これから行われるものは、もはやゲームではないのだから』

大いなる拒絶と慈愛の二面性を湛《たた》えた声とともに――

半神半人ヘケトマリアは、顕現した。

『四対四の遊戯《ゲーム》。人の集い《チーム》と神の集い《チーム》、どちらが上かなど言うまでもないでしょう？』

Chapter

Epilogue.1　見届ける者・推しはかる者・確かめる者

God's Game We Play

1

神話都市ヘケト＝シェラザード。

空に浮かぶこの都市は、地上の都市よりも朝が早い。太陽が地平線から昇ってくる瞬間を、遥《はる》か上空から一望できるからだ。

朝四時半。

この都市を陽《ひ》が照らし始める頃は、まだ住民が寝静まっている時刻……のはずだった。

「……あれまあ。結局みんな起きてきちゃったよ」

本部の巨大スクリーンに映る生放送《ストリーム》とその視聴者数を見上げて、ミランダ事務長はやれやれと苦笑いを浮かべていた。

その生放送《ストリーム》とは――

フェイたち『神々の遊戯を授かりし《メィ・ユア・ゴッズ》』VS天使長フレイヤ。

深夜一時から。それもまったく予定外のゲームだったにもかかわらず、この神話都市と、そして世界中の都市の人々がこの戦いを視聴していたのだ。

増え続ける視聴者数。

既にゲームは終了したにもかかわらず、いまだ同時視聴者数が伸び続けている。

なぜならば――

九・・・勝目、達・・・成。

フェイの九連勝により、完全攻略《クリア》となる十勝目に手が届いた。その情報が瞬《また》く間《ま》に世界中に広がって、この盛況というわけだ。

「さあどうしよう。私たちが巨神像を勝手に使ったこともバレたよね。もうすぐ本部の事務員がダイヴセンターに駆けつけてくるだろうし」

「事務長」

「ん？　どうしたんだいケイオス君」

「今さらだが、これはどういうことだ」

ミランダ事務長の隣。

訝《いぶか》しげに目を細めるケイオスは、いまだ巨大スクリーンを見つめていた。

「なぜ生放送《ストリーム》を行った？……いや別の言い方があるな。なぜ・・・・フェイは神眼レンズをつけてダ・イ・ヴ・した？」

「そりゃあフェイ君たちの希望だよ」

「…………」

ケイオスが押し黙る。

だが険しい表情は何よりも雄弁だ。「俺は納得いっていない」と。

「事務長もわかっているはず。この戦いはヘレネイアも見ていただろう。今まで彼女は、神眼レンズを通してフェイの動向を観察してきた」

「ああ、それはウロボロス様から聞いてるよ」

神眼レンズとは、霊的上位世界の映像を現実世界《こちらがわ》に送る特殊レンズだ。

これを使徒が身につけてダイヴすることで、現実世界から神々の遊びを観戦できる仕組みである。

ヘレネイアはこれを利用した。

神眼レンズに仕掛けを施し、そのレンズの映像からフェイたちの動向を観察してきた。

それがウロボロスの答えである。

〝神の仕掛けは二つあった。巨神像と神眼レンズ《これ》〟

〝神眼レンズは神の首輪で、使徒は自らその首輪を填《は》めていた〟

すなわち――

フェイが、神眼レンズをつけずに巨神像にダイヴすれば、ヘレネイアに動向を隠せたかもしれない。

神眼レンズをつける利点はない。

それがケイオスの疑問である。

「事務長は、その理由を聞いているのか?」

「見せるためって言ってたよ」

こちらに振り向いたケイオスに、ミランダ事務長は肩をすくめてみせた。

自分《ミランダ》も詳しくは知らない。

フェイが『何を』見せるつもりなのか、一番肝心な部分も知らされていない。

「フェイ君たちもじき戻るから、戻ってきたら聞いてみればいいんじゃないかな?……ん。誰だい、こんな朝早くから連絡を寄こしてきたのは」

胸元で鳴り響く通信機。

この朝早くにいったい誰だ?

そう思った矢先に表示された相手の名に、ミランダ事務長は思わず「ほう?」と目をみひらいた。

「やあ。こうして電話越しに話すのは初めてだね。私の連絡先はバレッガ事務長に聞いたのかい? ダークス君」

『……フェイは戻ったか？』

力強い青年の声。

神秘法院の事務員ならば、マル＝ラ支部の筆頭使徒ダークスの名を知らぬ者はいまい。

そして今。

フェイと『Mind Arena』で相まみえた青年の声は、熱き高揚に満ちていた。

『奴《やつ》と話がしたい』

「じき戻ってくるんじゃないかな。もしやアレかい。君のライバルが先に九勝をあげて、それに刺激されたと？」

『――いいや』

通信機の向こうで。

ダークスがニヤリと唇を吊《つ》り上げた瞬間が、ミランダには確かに伝わってきた。

『戻ってきたら俺から聞くとしよう。お前の右手を見せろと』

2

一方で――

ミランダたちのいる人間世界から、遥《はる》かに遠き別次元。

神々の遊び場《エレメンツ》『神々のカジノ』。

かつてフェイが、ネルの復帰のため己の「三勝」を懸けて戦った遊戯場で。

『あと一勝ねぇ？』

豪奢《ごうしゃ》な椅子に腰かけて、賭け神《ブックメーカー》グレモワールは愉快そうに唇の端をつりあげた。

『面白い流れになってきた。人間。これがあなたの狙いかしら』

誰のことか言うまでもない。

フェイ・テオ・フィルス。かつて「神のイカサマ破り」でグレモワールと戦った人間である。その動向をグレモワールは常に観察していた。

これは異例中の異例。

上位存在である神が、人間一人をここまで注視する——それは人類史上でも稀《まれ》な現象だ。

もちろんそこには理由がある。

見てみたいのだ。

〝賭け神《ブックメーカー》グレモワール〟

〝お前がこのゲームを受けた時点で俺は勝利を確信してた。どう転んでもな〟

自分《グレモワール》の見込みが正しければ——

あの人間はとんでもない事をした。意図的に[redacted]を[redacted]させたのだ。ゆえにその結末を見届けてみたい。

と。

――ピシリッ。

目の前の空間がひび割れたのは、その時だった。

霊的上位世界への侵入。

何者かが空間をねじ曲げて連結させ、ここ神々のカジノへとやってこようとしている。

ピシッ、パリンッッッ！

世界が割れた。

空中にぽっかりと開いた黒い穴。ヒト一人が通過できるほどの大きさの空間の裂け目が生まれ、そこから現れたのは――

「我だよ！」

「あらウロボロス。最近よく来るわねぇ？」

真っ白な雪のように輝く銀髪をした少女。

まるで至高の芸術のような、神々しいほどに愛らしい面立ち。その両目は紅玉《ルビー》のように爛々《らんらん》と力強い輝きが灯《とも》っている。

だが何よりも――

胸に「無敗」と書かれたド派手なTシャツが、この神の象徴《トレードマーク》と言えるだろう。

「それでどうしたの？」

「賭け神《ブックメーカー》たるお前に話があるんだよ」

虚空《こくう》の裂け目から、ウロボロスが飛び降りた。

「つい最近だけど。この無敗たる我が、よりによって胸の大きさで人間に負けてしまった。この一敗を取り消してほしい」

「……意味がわからないのだけど」

何を言っているの？

グレモワールからすれば当然の疑問である。

ちなみに真相は、神話都市までフェイに同行するはずのウロボロスが、温泉でパールの胸の大きさに衝撃を受けた次第である。

完全敗北。

その悔しさを克服するため、ウロボロスは世界中を旅して自分の胸を成長させる手段を探し始めた。——というのがこれまでの経緯だ。

「無敗たる我に、敗北は似合わないだろう？」

「それくらいは我慢………ああ、そういえば。その無敗の件よ」

尊大に胸を張るウロボロスを、ちょいちょいと手招き。

「あなたが負けたのは、フェイっていう人間だったかしら」

「おや？　人間ちゃんを知ってるのかい？」

「――――」

無言で。

グレモワールは艶やかな唇で笑みを描いた。

「それで？　ご褒美はあげたの？　初めて自分を破ったその人間に」

「我の眼《め》の欠片《かけら》をね」

「ふぅん？」

文字どおり目を輝かせて答えるウロボロス。

紅玉《ルビー》のごとく強い光を宿したその双眸《そうぼう》を、しばし見つめて。

「そうなると良い・わ・ね」

「ん？」

「私がどうこうしなくったって、あなたのソレは自分で証明しなさいってこと」

無敗――

ウロボロスの胸の二文字を指さして、グレモワールは悪戯《いたずら》っぽく微笑《ほほえ》んだ。

Chapter

Epilogue.2 人だからこそ

God's Game We Play

乾いた白の大地。

無限に広がる霊的上位世界の一端に、いま巨大な陥没《クレーター》ができていた。

天使学園エンジェリンの墜落。

隕石《いんせき》の落下さながらの巨大な穴が大地の傷痕として生まれ、その周囲数キロ先にまで鋭い亀裂が伸びている。

「……し、死ぬかと思いました……墜落でぺしゃんこに………」

「…………いやまさか、最後の墜落にまで全滅判定があるのは俺も予想外だった……」

よろよろと。

陥没《クレーター》の斜面を登りきるや、フェイたち四人は大地に寝転がった。

なにしろ高度一万メートル以上からの自由落下だ。墜落の瞬間は、フェイも意識が吹き飛んで記憶がない。

「ネルも大丈夫か？」

「あ……ああ無事だ。勝利条件に『最低一人』とあったのは、この落下でプレイヤー側が壊滅することも想定していたのか……」

「でも流石《さすが》ねぇ」

斜面を登り終えたレーシェが見下ろすのは、深き陥没《クレーター》の最深部だ。

そこには無傷の天使学園エンジェリン。

あれほどの衝撃で墜落したにもかかわらず、壁に罅《ひび》さえ入っていない。人間の造る構築物とは硬さの次元が違うのだろう。

……逆を言うと。

……あの天使たちは、あれだけ頑丈な壁をたやすく破壊しまくってたってことか。

天の住人を名乗るだけある。

「でもさ」

振り返る。

自分たちから数メートル離れ、蒼穹《そうきゅう》を見上げる天使の少女へ。

「大地から見上げる空も悪くないだろ?」

「――――」

天軍の長フレイヤ。

生徒会長としての服はとうに脱ぎ捨てた。いま目の前の少女は、偉大なる天軍を率いる統率者だ。

「人間」

空を見上げたまま、天使の少女が声を発した。

「地に落ちた天使は惨めと思うか」

「っていうと？」

「私はかつてそう思っていた。翼持つ天使が地に落ちることは、この世で最も恥ずべき魂の汚辱である。もはや天使に非《あら》ずだと」

「……厳しいんだな」

「気づきもしなかった」

天使の少女が手を伸ばした。

大地を踏みしめて、空に向かって眩《まぶ》しそうに目を細めて。

「天と地の隔たりなど無い。なぜなら天など……こうして、地から手を伸ばすだけで触れられるものだろう」

大天使フレイヤが手を伸ばした天には――

何百体という天使の軍勢たちが、彼女の飛翔《ひしょう》を待っていた。

「堕天を恥じる必要などない。再び空を飛びたいと願うなら、手を差し伸べる者はいつだっている。あとはそれを感じ取れるかどうか」

「誰に言ってるんだ？」

「………………」

天軍の長フレイヤが、背中の翼を羽ばたかせた。

四枚の翼が大きくしなり、その華奢《きゃしゃ》な身体《からだ》がふわりと大地から浮かび上がる。

「裁定は終えた」

「どうだったんだ、俺たちは？」

フェイの問いへの返事はない。

代わりに――

「天使の遊戯《われらのゲーム》をどう思う？」

天使の少女は、大地からわずかに浮いた空から問い返してきた。

「酔狂に問おう。思うまま答えるがいい」

「楽しかったかって質問なら『当然《イエス》』だ。最後はあんたら総出で賑《にぎ》やかだったしな」

「難・し・い・と・感・じ・た・か？」

「難しいに決まってますが!?」

フェイに代わって突っ込むパール。

「やり応えという意味では凄《すご》かったですが、途中、タイムアップを何度覚悟したことか。一秒一秒時間が迫ってくるのは心臓に悪すぎですっ！」

「……そうか」

天使長フレイヤは真顔だ。

答えたパールをまっすぐ見下ろして。

「神《われら》は難易度を論じない」

「ど、どういう意味です？」

「神《われら》が楽しめるかどうかが全て。人間が負けようと全滅しようと、一方的な展開であろうと、神は、神が楽しむために遊戯《ゲーム》を創る」

「……それは何となくわかりますが」

「裏返せば、だ」

天使の少女が目線をこちらへ——

フェイ、そしてレーシェを順に見やって。

「遊戯に楽しさを求めない神がいるならば、その遊戯《ゲーム》はもはや遊戯《ゲーム》ではない。人間が絶対攻略不可能のものが生まれるだろう」

無限神《ウロボロス》や冥界神《アヌビス》のような、「ほぼ攻略不可能」とは違う。

ゲームシステムが人間の勝利を想定していない、敗北を強制するだけの遊戯《ゲーム》。

天使長のそれが何を意味するか——

この場で、理解できない者はいないだろう。

……超獣ニーヴェルン、天使長フレイヤが退いて。

……いよいよってわけだ。

半神半人ヘケトマリア。

そしてその遊戯《ゲーム》は、「勝利できない遊戯《ゲーム》」。

「人間よ、その遊戯《ゲーム》に挑戦する意味はあるのか？　確定した敗北に」

「────」

無言で目を閉じる。

目を合わせるまでもなく感じる。

──爛々《らんらん》と輝く、好奇心に満ちたレーシェの視線。

──不安げな、けれどその奥に強い信頼を灯《とも》したパールの視線。

──緊張を交えながらも熱い闘志を帯びたネルの視線。

そっと右拳を握りしめる。

掌に刻まれた勝利数。何よりも正しいこの痣を信じて。

「もちろん。人間らしく、神さまが用意したゲームを全力で楽しむさ」

フェイは、その言葉にありったけの言霊《ちから》をこめて宣言した。

「楽しいゲームにして、そして彼女に勝つよ」

あとがき

〝神を目指して飛ぶ者よ〟


『神は遊戯《ゲーム》に飢えている。』第8巻、手に取ってくださってありがとうございます。

今回は「学校」を舞台に、人間と天使の大騒ぎゲームが開催です！

そのボスキャラたる軍団長フレイヤですが、正装の天使衣装が最高に格好よく美しいのに加えて、まさかの学ラン姿まで見られて細音《さざね》はとても楽しかったです。智瀬《ともせ》先生、ありがとうございます！（ウロボロスも着物&無敗Tシャツの2パターンがあるので、神さまは誰しも正装&普段着があるのかも？）

ちなみに余談ですが――

天使の軍団長フレイヤは、実はアルフレイヤという兄がいます。本作では未登場ですが、近々どこか別の舞台で登場するかもしれません。覚えておいてもらえたら面白いかも！

という原作話はここまでにして――

アニメ『神は遊戯《ゲーム》に飢えている。』、4月から放送中です！

あとがきを書いている時点でパール（役：立花日菜《たちばなひな》様）、ネル（役：中村《なかむら》カンナ様）も登場し、放送が毎話とっても楽しみです！

幸いにして海外でも評判とのことで、この勢いで頑張りたいなあと！


そしてお知らせを！

この24年、細音《さざね》の物語がトリプルアニメ化ということで、春の『神飢え』だけでなくなんと夏にも二作品がアニメ放送です！

7月：『なぜ僕の世界を誰も覚えていないのか？』

7月：『キミと僕の最後の戦場、あるいは世界が始まる聖戦』SeasonⅡ
どちらも公開PVが最高に格好よく、夏放送が今から本当に楽しみです。原作未読の方もぜひアニメからご覧になってください！


最後に刊行予告を。

お待たせしました、『キミ戦』16巻が、アニメSeasonⅡに合わせて刊行決定です！

さらに『神は遊戯《ゲーム》に飢えている。』9巻も全力進行中です！

フェイとヘレネイアの最終遊戯、どうか応援よろしくお願いします！

2024年の春に　細音　啓《けい》

N E X T

| NEXT |

God's Game
We Play

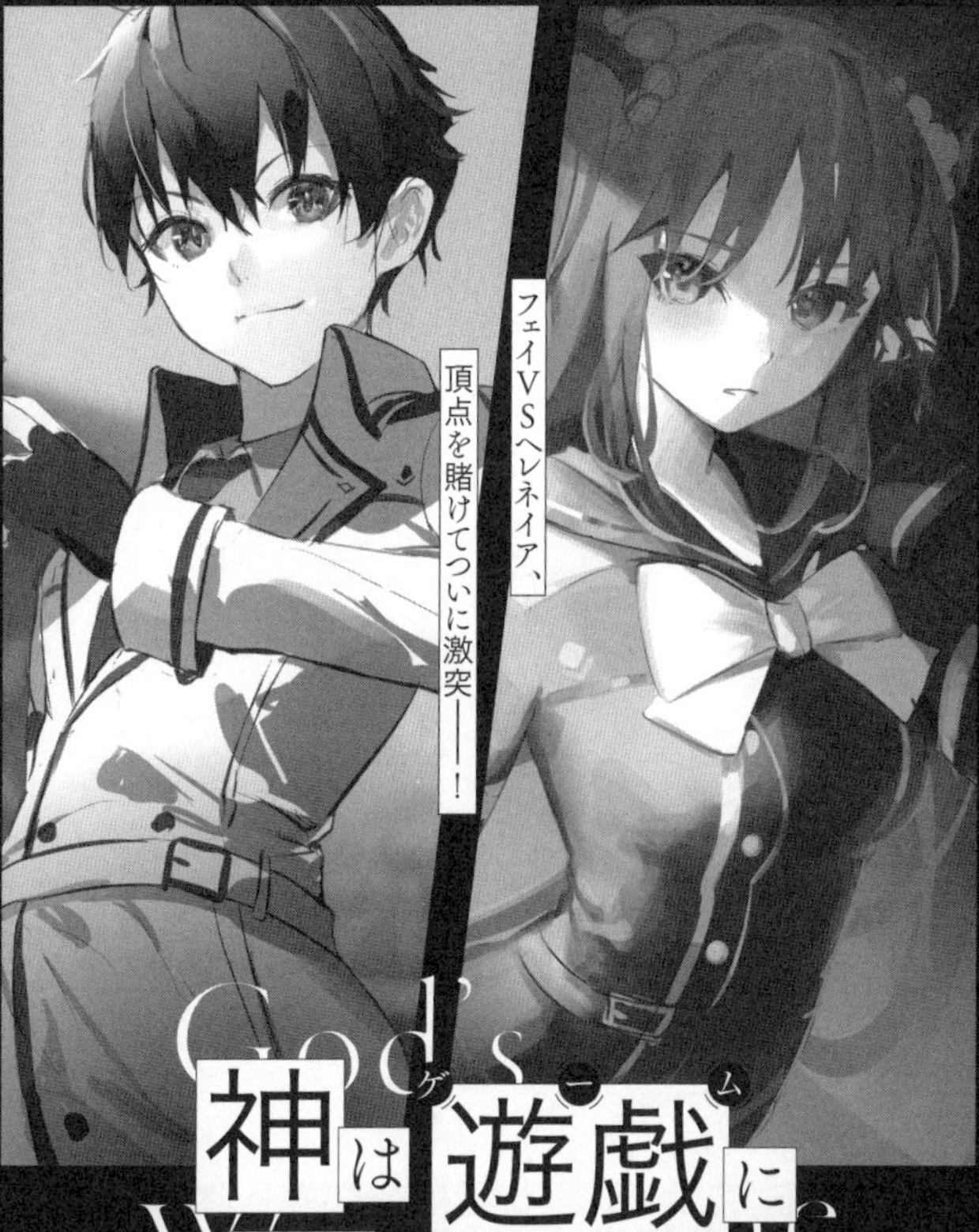

フェイVSヘレネイア、
頂点を賭けてついに激突――!

God's Game We Play

神は遊戯《ゲーム》に飢えている。

第9巻　今夏～秋発売予定!

※2024年4月30日時点の情報です。

N E X T

MF文庫J

神は遊戯《ゲーム》に飢えている。8

2024年 5月25日 初版発行

著者 細音啓

発行者 山下直久

発行 株式会社 KADOKAWA
〒102-8177 東京都千代田区富士見2-13-3
0570-002-301（ナビダイヤル）

印刷 株式会社広済堂ネクスト

製本 株式会社広済堂ネクスト

Printed in Japan ISBN 978-4-04-683237-5 C0193

【ファンレター、作品のご感想をお待ちしています】
〒102-0071 東京都千代田区富士見2-13-12
株式会社KADOKAWA MF文庫J編集部気付「細音啓先生」係 「智瀬といろ先生」係

2024年4月より
AT-X・TOKYO MX・サンテレビ・KBS京都
BS日テレ・dアニメストア他各配信サイトにて
TVアニメ
好評放送・配信中！
[STAFF]
原作：細音 啓
（MF文庫J『神は遊戯に飢えている。』/KADOKAWA刊）
キャラクター原案：智瀬といろ
監督：白石達也／シリーズ構成・脚本：NTL
キャラクターデザイン：渡辺義弘（フロンティアワン）
アニメーション制作：ライデンフィルム／製作：神飢え製作委員会
[CAST]
フェイ：島﨑信長／レーシェ：鬼頭明里／パール：立花日菜
ネル：中村カンナ／ミランダ：小清水亜美／ウロボロス：富田美憂
©2024 細音啓,智瀬といろ/KADOKAWA/神飢え製作委員会

理不尽過ぎる神々に知略で挑む
超スケール頭脳バトル！
月刊コミックアライブにて
大好評連載中！
コミック
1巻～4巻
好評発売中！
神は遊戯《ゲーム》に飢えている。
God's Game We Play
漫画：鳥海かぴこ
原作：細音啓
キャラクター原案：智瀬といろ

月刊コミックアライブ連載中
コミック版（漫画：ありかん）1巻～11巻好評発売中！
著 細音啓
イラスト neco
なぜ僕の世界を誰も覚えていないのか？
Phy Sew lu, ele tis Es feo r-delis uc I.
シリーズ累計70万部突破！
MF文庫Jより
全9巻 好評発売中！
2024年7月より
TOKYO MX、BS朝日、
関西テレビほかにて
TVアニメ放送開始！
©2024 細音啓/KADOKAWA/なぜ僕製作委員会

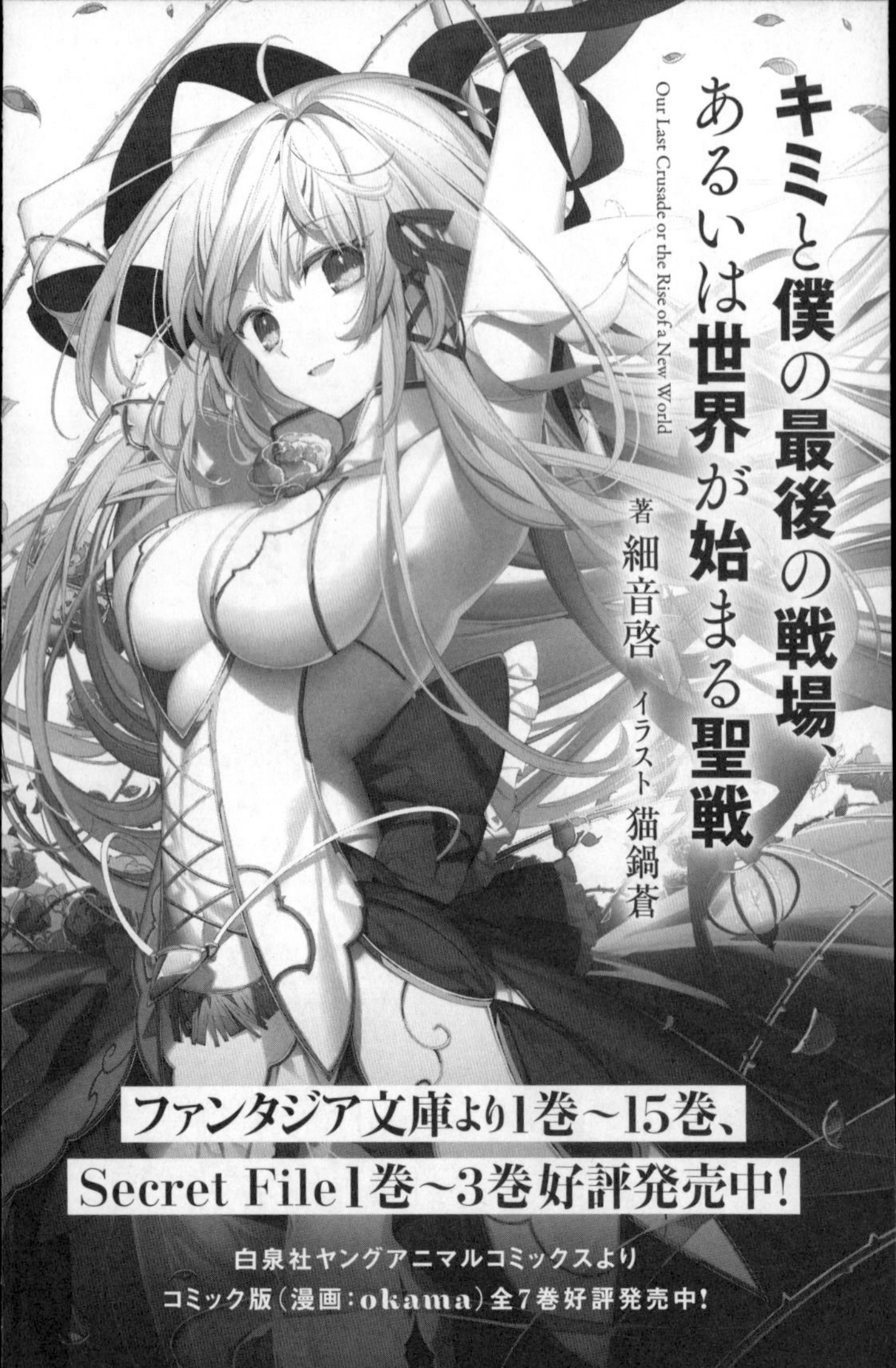
キミと僕の最後の戦場、
あるいは世界が始まる聖戦
Our Last Crusade or the Rise of a New World
著 細音啓
イラスト 猫鍋蒼
ファンタジア文庫より1巻～15巻、
Secret File 1巻～3巻好評発売中!
白泉社ヤングアニマルコミックスより
コミック版(漫画:okama)全7巻好評発売中!

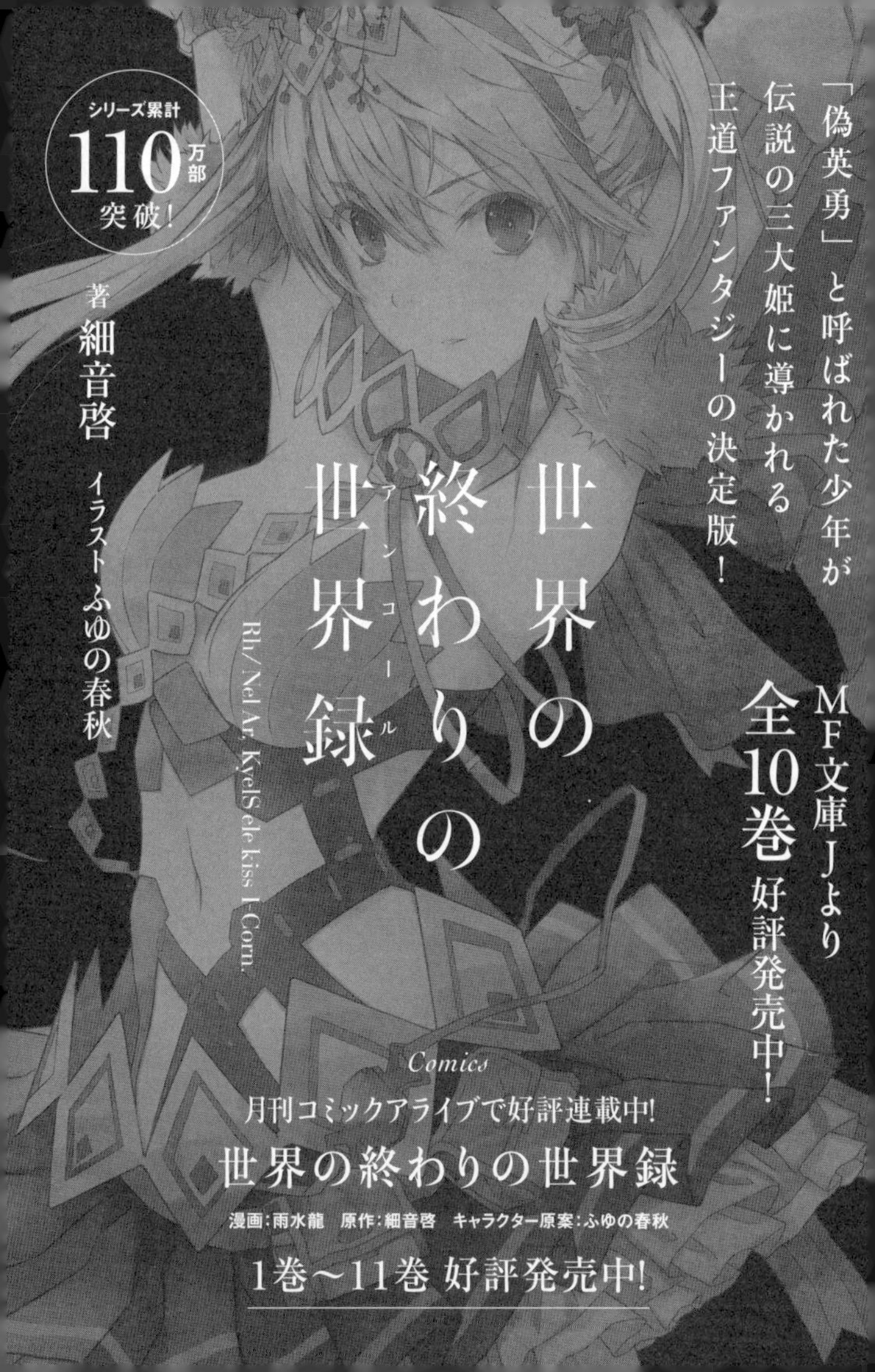

「偽英勇」と呼ばれた少年が
伝説の三大姫に導かれる
王道ファンタジーの決定版!
MF文庫Jより
全10巻
好評発売中!
世界の終わりの世界録《アンコール》
Rh/ Nel Ar, Kyel Sele kiss I-Corn.
著 細音啓
イラスト ふゆの春秋
シリーズ累計
110万部
突破!
Comics
月刊コミックアライブで好評連載中!
世界の終わりの世界録
漫画:雨水龍　原作:細音啓　キャラクター原案:ふゆの春秋
1巻〜11巻 好評発売中!

〈第21回〉MF文庫Jライトノベル新人賞

MF文庫Jライトノベル新人賞は、10代の読者が心から楽しめる、オリジナリティ溢れるフレッシュなエンターテインメント作品を募集しています！ ファンタジー、SF、ミステリー、恋愛、歴史、ホラーほかジャンルを問いません。
年に4回締切があるから、時期を気にせず投稿できて、すぐに結果がわかる！ しかもWebからお手軽に投稿できて、さらには全員に評価シートもお送りしています！

通期

大賞
【正賞の楯と副賞 300万円】
最優秀賞
【正賞の楯と副賞 100万円】
優秀賞【正賞の楯と副賞 50万円】
佳作【正賞の楯と副賞 10万円】

各期ごと

チャレンジ賞
【活動支援費として合計6万円】

※チャレンジ賞は、投稿者支援の賞です

イラスト：アルセチカ

MF文庫J ライトノベル新人賞の ココがすごい!

年4回の締切!
だからいつでも送れて、
すぐに結果がわかる!

応募者全員に
評価シート送付!
執筆に活かせる!

投稿がカンタンな
Web応募にて
受付!

チャレンジ賞の
認定者は、
担当編集がついて
直接指導!
希望者は編集部へ
ご招待!

新人賞投稿者を
応援する
『チャレンジ賞』
がある!

選考スケジュール

■第一期予備審査
【締切】2024年 6月30日
【発表】2024年10月25日ごろ

■第二期予備審査
【締切】2024年 9月30日
【発表】2025年 1月25日ごろ

■第三期予備審査
【締切】2024年12月31日
【発表】2025年 4月25日ごろ

■第四期予備審査
【締切】2025年 3月31日
【発表】2025年 7月25日ごろ

■最終審査結果
【発表】2025年 8月25日ごろ

詳しくは、
MF文庫Jライトノベル新人賞
公式ページをご覧ください!
https://mfbunkoj.jp/rookie/award/